俄罗斯精短文学经典译丛
诗意心灵系列

时间——扎博洛茨基诗选

汪剑钊 主编
【俄】扎博洛茨基 著
汪剑钊 译

读者出版传媒股份有限公司
敦煌文艺出版社

图书在版编目（C I P）数据

时间：扎博洛茨基诗选 /（俄罗斯）扎博洛茨基著；汪剑钊译. -- 兰州：敦煌文艺出版社，2013. 12(2023.4 重印)
（俄罗斯精短文学经典译丛）
ISBN 978-7-5468-0620-4

Ⅰ. ①时… Ⅱ. ①扎… ②汪… Ⅲ. ①诗集—俄罗斯—现代 Ⅳ. ①I512. 25

中国版本图书馆CIP数据核字（2013）第288750号

时间——扎博洛茨基诗选

汪剑钊　主编
〔俄〕扎博洛茨基　著
汪剑钊　译
责任编辑：郭　玲

敦煌文艺出版社出版、发行
本社地址：（730030）兰州市城关区曹家巷1号
0931-8773084（编辑部）　0931-2131387（发行部）

三河市嵩川印刷有限公司
开本 787 毫米×1092 毫米　1/16　印张 18.25　插页 1　字数 100 千
2014 年 6 月第 1 版　2023 年 4 月第 3 次印刷

ISBN 978-7-5468-0620-4
定价：56. 80 元

出版说明

2013年，我社开始策划出版"世界精短文学经典译丛"，这套丛书约请国内最优秀的翻译家担任主编和译者，将世界几大主要语言写成的短篇作品择优选入，并按照一定的主题和体裁进行分类，以独特的视角呈现出各国文学的基本面貌，为我国读者了解世界文学提供了一个较为广阔的平台。"俄罗斯精短文学经典译丛"即是这套选题中的一种。

俄罗斯文学影响了中国几代人的成长，让他们形成了特有的精神风貌和对世界的认知方式，但因为复杂的历史原因，这一精神资源的承续和发展出现了断裂。为重新深入挖掘、整理俄罗斯经典文学的优秀资源，我们倾心推出"俄罗斯精短文学经典译丛"（20册），分为"诗意自然""诗意人生""诗意心灵"和"诗意生活"等四个系列，让读者再一次感受俄罗斯文学的独特魅力，在阅读中汲取有益的精神养分，提升对诗意生活的自觉追求，丰富人们的内心精神世界。

敦煌文艺出版社

2014年5月

译序：每个人都拥有两个世界

□汪剑钊

关于扎博洛茨基在文学史上的地位，布罗茨基在与著名的文化史专家、传记作家沃尔科夫的一次谈话中曾不无遗憾地指出，他“是一位评价不足的人物，这是一位天才的诗人”，肯定他的写作拥有的是“丢勒的技巧”。丢勒是文艺复兴时期的德国画家，他相信，人本身是不完美的存在，但知识可以使人变得高贵。他的肖像画细腻、逼真，明暗对比匀称，具有木刻版画般的力度。布罗茨基在此强调的就是扎博洛茨基创作个性中那些与丢勒相近的人文体现和犀利的凿刻时光之能力。正是在这次谈话中，这位1987年诺贝尔文学奖的得主诚实而公正地承认，恰恰是在阅读了扎博洛茨基的作品以后，自己才懂得“以后应该这样写和那样写”。据说，有一次，曼杰什坦姆在听过《秋天的标志》一诗的朗诵之后，欣喜地高呼：“又一个丘特切夫被发现了。”丘特切夫是继普希金之后的十九世纪俄罗斯最重要的诗人，其富含哲理的抒情诗对“白银时代”诗人的创作，乃至整个二十世纪俄罗斯哲理诗的发展，都产生过巨大的影响。曼杰什坦姆的惊叹无疑是一个天才对另一个天才那种关注自然生态，并蕴含着深

刻哲理思索的写作风格之褒赞。

这个新的“丘特切夫”——尼古拉·阿列克谢耶维奇·扎博洛茨基于1903年5月7日出生在喀山附近一个名叫库克莫尔的小村庄。父亲是一名农艺师，笃信宗教，拥有不少藏书。按诗人的说法，他的立场“介于农民和知识分子”之间。母亲曾是一名乡村中学的老师，后因失声而放弃了这一职业。7岁时，扎博洛茨基创作了生平第一首诗，似乎自此便立下了献身于诗歌事业的志向。多年以后，扎博洛茨基回忆道，正是在父亲的书架旁，“为自己选择了一个终生的职业”，而他当时甚至根本不知道“这个重大事件的意义”。他曾考入莫斯科大学语文系，同时还选修医学，后转入彼得堡的赫尔岑师范学院语文系。1925年在该校毕业，进入儿童文学杂志《刺猬》和《黄雀》做编辑。同年，他认识了先锋派诗人哈尔姆斯和维杰恩斯基，二人为他的诗才所折服，与之保持了长期和坚固的友谊，同时向他介绍了一些现代主义的观念和创作精神。扎博洛茨基借此感染了时代的创新氛围，接触了马列维奇、塔特林和费诺若夫等艺术家关于“至上主义”“结构主义”和“非客观主义”等新潮的艺术主张。马列维奇宣称：“模仿性的艺术必须被摧毁，就如同消灭帝国主义军队一样。”他希望打破理性的束缚，提倡“非逻辑主义”，以简约、纯朴的线条还原现实，摆脱掉物质性的桎梏，让精神重新归于无限。这些主张对扎博洛茨基成熟期的写作无疑起着重要的启迪作用。

早期创作阶段，扎博洛茨基学习和模仿象征主义和未来主义的创作风格，关注城市和小市民问题，深受勃洛克、别雷、马雅可夫斯基和帕斯捷尔纳克等的影响，有很强的形式主义特征，尤其对赫列勃尼科夫的立体未来主义浸淫甚深。有意思的是，他尽管很喜欢阿赫玛托娃的诗，但似乎对女性从事诗歌写作不以为然，甚至在谈论阿赫玛托娃时还说过那样的话："母鸡不是小鸟，娘们不是诗人。"在得知扎博洛茨基的这一态度后，女诗人自然很不愉快，作为报复，她也不认可他的作品。后来，他又对德国表现主义产生了浓厚的兴趣，受到这股思潮的启发，他的思想自由地穿梭于有机界和无机界，有时赋予无生命的东西以生命，有时又将人和动物写成无生命的物体，由此塑造了不少怪诞、夸张、古怪的抒情形象。

1927年，扎博洛茨基与哈尔姆斯、维杰恩斯基、弗拉基米洛夫、列文等人创建了一个名叫"奥拜利乌"（ОБЭРИУ）的组织，它是"真实的艺术协会"（Объединение реального искусства）的缩写。他们赋予"真实"或"现实"以特殊的意味，认为在尘世间要找到一条唯一正确的道路是不可能的。为此，他们要努力寻找新的处世之道和靠近事物的方式，而这种方式就是具有通往彼岸世界之可能的新艺术和新诗歌。他们在宣言中声称："我们，奥拜利乌分子，——是自己的艺术的忠实工人。我们是持有新世界观和新艺术的诗人。我们不仅是诗歌语言的创建者，而且还是创造对生活及其细节

的新感受的缔造者。我们的创作的意愿是包罗万象的：它席卷艺术的所有形式，掘进生活，从各个方面来包裹生活。”在实践中，奥拜利乌分子倡导以儿童的眼光来看待世界，以纯真的幼稚来克服成熟的世故，在一定程度上发展了未来主义玄妙诗歌的理念。他们刻意追求某种怪诞、大胆的风格，进行词与韵律的探索性实验，这在那个正由“艺术对话”逐渐演变成“政治独白”的时代颇为引人注目。

奥拜利乌的成员发现，生活的现实本身不是一种逻辑的关系，它充满了荒诞与偶然，因此，艺术和诗歌也不需要逻辑化的表达。在他们看来，“艺术有自己的逻辑，她不破坏现象，而是帮助人们理解它，扩大现象、言词和事实的意义。”他们对人性的复杂有着深刻的体会，为此他们在创作中致力于描述与刻画暴力、荒诞、反讽、黑色幽默，制造语言的狂欢，在作品中漾入了较多的黑色元素，从而显示了某种后来为后现代主义所推崇的美学解构的可能，扎博洛茨基的《变形》一诗便泄露了这样的信息：

万物变幻莫测！从前的一只鸟
如今躺着，成为书写过的一张纸。
我往昔的思想是一朵普通的小花，
叙事诗蠕动，像缓步的老牛；
我过去的一切，或许，
会再度生长，植物世界日益繁茂。

需要指出的是，奥拜利乌的成员只是希望建立一个可以相互交流、相互沟通的空间，并不是要借此确立某种共同的艺术风格以形成所谓的文学流派，因为，“文学流派——这是某种类似寺庙的东西，僧侣们在其中戴着同一个面具。我们的协会是自由和自愿的，它联合的是大师，而不是大师的助手，——是艺术家，而不是艺匠。每个人都了解自己，每个人都懂得他是依靠着什么才与其他人发生联系。”当然，这种文艺观和实践对文学史家平庸的归纳造成了很大的麻烦，却为艺术的丰富展示了无限的前景。事实上，扎博洛茨基不久便脱离了该组织，但协会的一些原则和写作策略仍然在诗人的创作中得到了贯彻。他意欲打破传统意义上对诗的认识，让诗变得“几乎不像是诗”，在暴力地摧毁某些优雅的游戏规则之后，重建诗的活力空间。在他看来，诗与绘画、建筑之间存在着不少共同的表征，却与散文毫无共同之处。因此，扎博洛茨基注重在创作中灌注色彩美与立体感，在雕塑般的语言中捕捉时间神秘的呼吸。

扎博洛茨基相信：每个人都有自己的生活道路，而在生活中并不存在什么安宁。每个人来到这个世界肯定负有某种使命，而不是徒然走上这么一遭。这种“不安宁”在人的精神活动中尤其显著，这就提醒诗人首先要成为“一个观察者”，因为，“观察是观察者与他周围的世界的某种积极的交往，而且对任何现象都要提出一系列实质性的问题。”这种观察落实到创作中，那就是对词与形象的重视。

在《思想—形象—音乐》这篇文章中，扎博洛茨基说道："为了让思想赢得胜利，他（诗人）应该用形象将它体现出来；为了让语言工作起来，他就需要汲取它的整个音乐能量。思想—形象—音乐——这是诗人追求的最理想的三合一状态。"由此理念出发，扎博洛茨基开始了对日常世界之奥秘的探寻，在细节中展开关于人、自然和宇宙的思考，立意用"世界自身的眼光来看世界"，尝试着借助动物、植物的视角来扩大人心的域界。本质上，扎博洛茨基对自然界抱有天然的好感，他拒斥城市的市侩气和丑陋：

在自己的住宅
我们活得聪明却不够美好。
诞生于人群，安排日常生活，
我们全然忘却了树木。
……
这是一座驴城，布满四堵墙的房屋。
它转动石制的车轮，
在粗重的地平线中行驶，
让干巴的烟囱变得倾斜。
一个晴朗的日子。空荡的云彩
飘飞，就像多褶的气泡。
风环绕着树林行走。

而我们，细长的树木，伫立于
天空无色的空旷。

对自然的倾心使得扎博洛茨基对艺术持有异样的看法："艺术像一座修道院，人们在里面抽象地相爱……艺术不是生活。它是一个特别的世界。"在《艺术》一诗中，他宣称："词飞进了世界，就成为客体。"为此，诗人看重智慧和安静的力量："诗歌的脸应该是安静的，聪明的读者在安静的表象下可以出色地看到智性与心所有的游戏。"遵循这样的原则，他努力在诗中寻找生活之问题的答案，捕捉时间充满生机的呼吸。

扎博洛茨基的第一本诗集《专栏》出版于1929年。这本书引起的反响很大，"拉普"批评家给予了苛刻、严厉的批判，诗歌行家们则给予了高度的评价。它较多地体现了扎博洛茨基诗歌的一些艺术特征：反讽、怪诞、戏仿、奇特的隐喻。随后，扎博洛茨基创作了三部长诗《农业的庆典》《疯狼》和《树》。《农业的庆典》于1933年在《星星》杂志上发表后，被批评界指责为具有对当时的集体农庄进行诋毁的倾向，导致了该期杂志停印，主编吉洪诺夫作检查，另一个后果便是诗人已经付印的一部诗集《诗歌1926-1932》被销毁。后两部长诗在诗人生前一直未曾公开发表。《星星》《文学批评家》《真理报》《红色处女地》等报刊发表了一系列文章，对扎博洛茨基掀起了新一轮"政治性"的批判。

这种观点直到在1986年出版的《苏联文学史》中还留有余迹。

1937 年，扎博洛茨基又出版了一本诗集《第二本书》。同时他开始了对《伊戈尔远征记》的现代俄语翻译与改写工作。但这项工作意外地中断了，1938年3月19日，扎博洛茨基突然被捕，被指控的罪名是从事“反苏维埃的宣传活动”。经过了一部分知识界人士的营救和申诉，最后未经公开审理便被判决五年的监禁，被流放到远东的集中营服苦役。获释后，他继续在西伯利亚和卡拉干达地区修筑公路。但即便是这段时期里，诗人也没有丧失对美好人性的信任。《这发生在很久以前》一诗记叙的便是一名普通的农妇在自己面临亲人丧失的悲痛之时，仍然给饥饿中的抒情主人公赠予了土豆和鸡蛋的故事。许多年后，这个场景仍然让诗人刻骨铭心：

一个头发灰白的农妇，
就像年迈、仁慈的母亲，
拥抱了他……
在书房，他扔下笔，
独自一人徘徊，
尝试用自己的心
去领会只有老人与孩子
才能领会的一切。

扎博洛茨基的记述令人想起《圣经》关于寡妇的捐赠的事迹。在《圣经》路加福音里有这样一段经文：“耶稣抬头观看，见财主把捐项投在库里，又见一个穷寡妇投了两个小钱，就说：‘我实在告诉你们，这穷寡妇所投的比众人还多，因为众人都是自己有余，拿出来投在捐项里；但这寡妇是自己不足，把她一切养生的都投上了。’”这种赠与所包含的善心远远超过亿万富翁们所创办的慈善机构，诸如医院、学校，等等。

1944 年，扎博洛茨基获释，但他仍然没有选择工作和自由居住的权利。直到1946年，在朋友们的帮助下，他才获准回到首都，在莫斯科郊外的别列捷尔金诺作家村，在作家伊利耶科夫的别墅里，借住了两年。从集中营里回来以后，扎博洛茨基把妻子小心保存的那些早期诗歌的手稿付诸一炬。因在原创性写作方面受挫，诗人主要从事少数民族诗歌与外国诗歌的翻译工作。此外，他对《伊戈尔远征记》的译写形成的现代俄语版本获得了专家与读者的一致好评，被誉为“诗的功勋”。这个阶段的诗人感觉自己就像一只“动物园里的天鹅”，没有自由，却充满了幻想：

美人，处女，女野人——
高傲的天鹅在浮游。

雪白的奇迹在浮游，

肉身，充满幻想，
在湖湾合成的怀抱摇晃
白桦树浅紫色的影子。
……

在背脊白色的曲线上
流淌晶亮的光芒，
整个的它，恰似一尊
浪花涌向天空的雕塑。

1957年，因翻译格鲁吉亚诗歌获得“劳动红旗勋章”，这个勋章对改善他的处境有良好的作用。但以前的劳改营生活极大地损害了扎博洛茨基的健康，或许感觉到自己的生命已不长久，扎博洛茨基销毁了自己的许多戏谑性诗作和一些长诗的片段。1958年秋天，诗人因心肌梗死离开了人世，被埋葬在莫斯科的新处女公墓。

在俄罗斯文学界，存在着一个基本的共识：以劳改营生活为标志，扎博洛茨基的创作生涯大致可分作两个阶段。不过，在这个共识下，对这两部分创作的评价却截然不同，一部分批评家的看法是，他后期的作品“终止”了“迷茫的青春期”，是向经典作家的传统的回归；另一部分批评家则更倾向于认为，它们不是对早期作品的“否定”，而是对以前的“可能性”的发展，是对青年时代绽露、但尚未完成的追

求的延续。布罗茨基所持的便是后一种观点，他觉得晚期的诗人远比早期出色。

关于理智的悲剧一直折磨着诗人的神经，他甚至为词在流传过程中那种激情的丧失感到痛苦。在最后的岁月里，诗人依然相信，美和创造的基础都是情感，而不是理智。这不由得让人回想起马列维奇对“至上主义”的解释：“所谓至上主义，就是在绘画中的纯粹感情，或感觉至高无上的意思。”纯粹如“白色之上的白色”，这位先锋派画家的追求与诗人的理想大致吻合。扎博洛茨基晚期的作品大多显示出一种“豪华脱尽”的气象，从揭露人的委琐转向对崇高人性的挖掘，由早年辛辣的讽刺转为温情的叙述，只是它们比以前更音乐化、更富于激情，显现出某种新古典主义的风格，表露了向普希金、巴拉丁斯基、丘特切夫的传统回归的趋势。

在一篇文章中，扎博洛茨基曾经谈论道：“许多人的脸，其中每一张脸都是内心生活的活镜子，是各种隐秘的心灵的精巧乐器，有什么能比经常与他们打交道，观察他们并与他们友好相处更有吸引力呢？”因此，他如是吟唱“人脸的美”：

有一些脸就像豪华的大门，
门内仿佛到处是伟大蕴藏于渺小。
有一些脸——就像破旧的小屋，
屋里有肝脏在烘烤，皱胃在浸泡。

另外有一些冰凉、死寂的脸
被栅栏遮挡，仿佛是监狱。
还有一些脸——就像塔楼，很久
已无人居住，也无人张望窗外。
……
有一些脸——就像欢快的歌曲。
这些闪耀如阳光的旋律
编配成一支巍峨天空的颂歌。

在这首诗中，人的脸仿佛已成了“心灵之窗”，精神的入口。透过它们，诗人看到了世界的缩影，伟大与奇妙的风景，乃至“春天的叹息”。

在扎博洛茨基的心目中，人与自然是一个相互印证的关系，自然是思想为灵魂而存在的世界，人是自然在时空中的精神存在。两者并不对称，却相互缠结、转化、甚至侵蚀，有时还会发生悲剧性的冲突。在诗人最后一年创作的《夕阳下》，他如是宣称：

每个人都拥有两个世界：
一个是创造了我们的世界，
另一个是亘古以来
我们竭尽全力所创造的世界。

著名的文学史专家马克·斯洛宁对他的创造性成果给予了高度的评价："他所写下并留下的一切，已足以使他成为苏维埃时代无与伦比的诗人。这种情况在他死后名誉得到恢复的六十和七十年代中，当他的作品终于能和俄国广大读者见面时就十分清楚了。"

创造，是诗人的使命，更是扎博洛茨基的信念，同时也是他一生的真实写照。这让我们有理由相信，《不要让灵魂去偷懒》便是他的诗歌遗嘱。在他看来，"她是女仆，又是女皇，/她是女工，又是宠儿，/她有劳动的义务，/夜以继日，夜以继日!"因此，诗人给出了这样的忠告：

如果你放纵她、姑息她，
让她去游手好闲，
她对你就绝不留情，
甚至剥下你最后一件衬衣。

目　录　*CONTENTS*

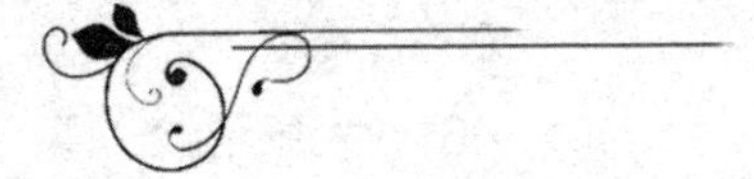

白夜

你瞧：不是舞会，不是假面狂欢，
夜不合时宜地在此走动，
此刻，由于美酒而醉眼蒙眬。
哈哈的笑声飞起，像一群鹦鹉；
桥梁和陡坡四下散开，
陷入热恋的少年纷纷跑过，
这一个焦躁不安，那一个愁眉苦脸，
还有一个耷拉着脑袋……
爱情伴着落叶痛楚地呻吟，
它不停地变换着位置，
时而走到跟前，时而闪到一边……
缪斯喜欢圆环形的年轮。

小涅瓦河在护栏下荡漾，
突然，大鼓开始说话——
焰火划出一个半圆，
有序地发射。然后，
着火的梨头在飞翔，
旋动着孟加拉的彩马。

各种树冠在摇晃，
爆竹的碎屑带着浓烟
落下来。而在涅瓦河面
不知是塞壬，还是少女——
哦，不，塞壬——向上浮，
穿着银蓝色的裙子，
全身冰凉——呼唤着
贴紧淡黄色的嘴唇，
那嘴唇静默如同一枚奖章。
可这不过是一个谎言。

我继续向前走。夜顺着
草丛躺下，像粉笔一样白皙：
灌木丛在夜之上竖立，
仿佛包裹在彩色的刀鞘中，
一群夜莺在枝头
咕咕啼叫。就好像
它们也体验到了忧伤，

少年人那么不擅长恋爱。

那里，充足大气，如同天使，
暗中守伺着那些圣物，
蹲伏的叶拉金岛欠了欠身子，
冲刷一下，就不再做声：
这一次，他罩住了两个。

螺旋桨转动，小轮船航行，
船舷弥漫着慵懒的音乐，
小舢板迎着它驶来，
划船手完全不假思索，
小轮船推动它们——奔跑，
奔跑，奔跑，然后，再一次
缓慢驶行——昂首——迎向前。
它向它们嚷道：我会碰伤你们！
它们却自信地认为，不会……

到处是疯狂的梦呓，

白色的空气粘住了屋顶，
而夜正呼吸着焚香，
摇晃着，如同在天平上。
或许是早产儿，或许是天使，
张开了乳白的眼睛，
在酒精罐中摇晃，
祈求着天空。

1926 年 7 月

在自己的住宅

在自己的住宅
我们活得聪明却不够漂亮。
诞生于人群，应付日常生活，
我们全然忘却了树木。

在卷发缠绕的绿光里，
它们实际比金属更沉重。

另一些树木，树冠直抵天空，
仿佛在冠冕下藏起眼睛，
藏起孩子小手娇纵的魅力，
这魅力披着轻纱的a树叶，
不曾吃够方便的果实，
抓紧了那些响亮的果实。

就这样透过世纪、村落和花园，
方便的果实对着我们闪现。

我们并不理解这种美——

树木湿润的呼吸。
你看那丢失了斧子的樵夫，
站立着，注视着，安静，沉默。
谁知道他们在想什么，
在回忆什么和发现什么，
为什么把自己的脸贴紧树桩，
不可遏止地痛哭？

我们发现年轻的林中空地，
我们占据各个角落，
我们变得更加细长。脑袋在生长，
迎面的天空越来越近。
柔韧的身体越来越僵硬，
静脉怡然地变得麻木，
再也抬不起发芽的双脚，
也无法放下张开的双手。
眼睛紧闭，时间失效，
而太阳亲昵地触碰脑袋。

巨浪从脚髁中穿过，
浪花腾起，流淌
洗濯着阔叶的脸：
大地爱抚着自己的孩子，
而远方，城市上空，烟雾般
腾起路灯的长矛。

这是一座驴城，布满四堵墙的房屋。
它转动石制的车轮，
在粗重的地平线上行驶，
让干巴的烟囱变得倾斜。
一个晴朗的日子。空荡的云彩
飘飞，就像多褶的气泡。
风环绕着树林行走。
而我们，细长的树木，伫立于
天空无色的空旷。

1926 年

马脸

动物尚未入睡。在黑暗的夜晚，它们
像一堵石墙站在世界之上。

母牛缓坡似的头颅顶着
光滑的双角，在麦垛中闹腾。
耸起古老的颧骨，
岩石的额头挤压它，
口齿不清的眼睛也如此
困难地旋转一个又一个圆圈。

马脸要更加漂亮、更加聪明。
它听过树叶与石头的交谈，
凝神贯注！它知道野兽的呼喊
和老树林中夜莺的啼啭。

哦，它是否懂得所陈述的
自己美妙的见闻？
夜深沉。在黑暗的天幕上
群星冉冉升起。

马站立，如同放哨的骑士，
风拂弄轻盈的头发，
眼睛燃烧，像两个巨大的世界，
鬃毛飘动，仿佛一件国王的紫袍。

倘若人看见了
马那张神奇的脸，
他会吐出自己无能的舌头①
把它给予马。唯有神奇的马
才真正值得拥有舌头！

但愿我们听得到词。
大词，就像一个个苹果。密集的词
就像蜂蜜或者稠奶。
像火焰一样窜起的词，
飞进灵魂，仿佛进入茅舍的火焰，
照亮简陋的陈设。
那些不死的词，

① 俄语中 язык 既有“舌头”的含义，也指“语言”。

我们用来歌唱的词。

可是，马厩已经空荡荡，
树木也同样已分杈，
吝啬的早晨笼罩了群山，
田野为劳作而敞开。
驭马陷入车辙的笼格，
拉着篷顶马车，
用谦卑的眼睛
望着神秘而静止的世界。

1926 年

铜版画

整个大厅传播发懵的消息：
“僵尸从皇家宫殿跑出来了！”

僵尸骄傲地在大街小巷上行走，
他的房客牵住了马的辔头，
他用铜管似的嗓音唱着祷辞，
向上高举起双手。
他戴着一副镶边的铜架眼镜，
装满地下水直到喉管。
他头顶有几只木头小鸟
在叩击窗户，合拢了翅膀。
而周围一片喧哗，圆筒咕隆响，
毛茸茸的天空，而那里——
一个大门敞开的城市框架，
在玻璃的背后——是迷迭香。

1927 年

运动

马车夫端坐如高踞王位，
棉絮做成的铠甲，
胡须低垂，仿佛在圣像上，
硬币在叮叮当当作响。
可怜的马匹挥动马蹄，
时而，伸展如同一条江鳕，
时而，在它亮晶晶的马腹下
闪动八只马蹄。

1927 年 12 月

雪地上的游戏

雪地上闹腾着一场大斗殴，
一只狗儿飞行如轻盈的天神。
小家伙击中敌人的腹部。
黑琴鸟栖居在云杉的枝头，
那冰冷的炸弹还在呼啸，
已是黄昏。在雪的反光中。
穿过雪堆下窄长的地道，
男孩们匍匐着向敌人爬去。
这一个蹶起扭伤的脚踝，
从雪坡上滚下，另一个
扎进了雪堆，他俩都蜷成
毛茸茸、胖乎乎的一团，
粘在一起，扭在一起，
但木头小刀让他们幸免于难。

夕阳消逝。白昼停止了脚步。
一匹糙马像巨人似地走近。
一名身躯庞大的庄稼汉
端坐在一辆染色的雪橇上，

铜制的烟管火星闪烁，冒出轻烟。
战斗结束。庄稼汉却纹丝不动。

1928 年

午餐

我们伸直疲惫的身体，
美妙的黄昏隐没在窗外，
烹饪食物令人多么惬意——
生存之血淋淋的艺术！

土豆在铁锅里翻腾乱窜，
好像婴儿的头颅在摆动，
肉块浮起如同暗红色的蛞蝓，
显得粘腻而沉重，黯淡的
沸水几乎完全将它吞没——
慢慢地涮洗，悄悄地显露粉色，
而肉块抻长了身子，
赤条条地——沉到锅底。

于是，葱头蹦了出来，
像透明的蟹壳一样嘎吱响，
突然，从中冒出了气泡，
她那美丽的胴体在闪耀；
肥胖的胡萝卜也在蠕动，

骨碌碌掉进菜盘，
那里，狡猾的芹菜
像一团卷发躲进牙套，
中部被剥净的芜菁
比人形柱更艰难地晃动。

美妙的黄昏在窗外消隐，
但蔬菜仍在闪亮，仿佛在白昼。
我们用平静的双手收拾它们，
用苍白的水冲洗它们，
它们在掌心感到温暖，
于是，慢慢地沉到锅底。
守家的短腿小矮人，
突然点燃煤油炉如响铃。
这就是死亡。何时我们所看到的
不是这些广场，不是这些墙壁，
而是春天的慵困所焐热的
暖洋洋的大地的腹心？
一旦我们在光的闪烁中

能看到植物幸福的童年——
我们肯定会跪下双膝，
面对在铁锅中沸腾的蔬菜。

1928 年

鱼摊

就在这里，忘掉人们的诡诈，
我们走进了另一个王国。

这是玫瑰色闪光鲟的身体，
所有闪光鲟中最美丽的一条，
鱼鳍撑开，悬挂着，
尾巴挂在吊钩上。
马哈鱼在下面燃烧如烤肉，
鳗鱼像一串串腊肠，
熏烤着，蓬松而慵懒，
烟雾缭绕，蜷缩着身体，
在它们中间，国王似的鱼干
如黄色的虎牙，在盘子中闪现。

啊，大腹便便的独裁者，
胃肠的上帝和主人，
精神秘密的首领，
意念的司酒官！
我想吃掉你！请给我吧！

让我一口将你吞下，
我的嘴唇战栗，火灼一般，
肠子在蠕动，像霍屯督[①]女人。
我的胃充满了欲望，
饥饿的汁液在噬咬我，
时而抻长像一条恶龙，
时而憋尿似地缩成一团，
馋涎嘟嘟哝哝盘旋在口中，
上颚和下颚紧紧闭合……
我想吃掉你！请给我吧！

到处都是罐头盒的划拉声，
白鲑在怒吼，窜进木桶。
直插在伤口中的刀子
晃动着发出刺耳的声响。
小花园像水下世界似地在闪光，
在一堵玻璃墙壁的后面，

① 霍屯督：南部非洲的一个种族，主要分布在纳米比亚、博茨瓦纳和南非。

鳊鱼游动，被梦呓所缠绕，
被幻觉、忧郁症缠绕，
被怀疑、嫉妒和惊恐所缠绕，
死神站在上面，像一个小贩，
带着一把铜制的鱼叉。

台秤在读数：“我们的天父”
两块秤砣平静地站在盘中，
它们测量着生命的进程，
门咣啷咣啷响，鱼在挣扎，
鱼鳃呼哧呼哧在翕动。

1928 年

流浪乐师

把木笛扛在肩膀上，
像一条蛇，像一尾美人鱼，
他带着它步行，
钻进了地狱，
地狱中有怒吼，还有——咆哮
和五戈比的金色飞翔——
音乐老人就这样走了出来。

在他背后紧随有两人。
一个——攥紧了小提琴的影子，
像一片树叶向它挥动；
他是个驼背，平民知识分子，寄生虫，
有着一双很大的触手，
他汗津津的腋窝
发出一个曼长的声音。

另一个是叔叔和斗士，
吉他冠军——
手里握着一块巨大的骶骨，

唱着华丽的塔玛拉之歌[①]。
骶骨上——有七根铁制的琴弦，
七根转轴，七根弦轴，
这是一只灵巧的手所制造，
它们偏居一隅在赋闲。

太阳落在干草垛上，
马车夫成群结队地赶车，
仿佛“波舍洪”[②]居民的形象
骑在纤维织成的布马上；
而井中之蛇在窗台上
突然蜷盘如同一绺铜发，
一跃而起，仿佛粗笨的炮筒，
突然——呼啸……第一声
响起有如荒野的鹰。轰隆一声倒下；
随后便出现了第二只鹰；
鹰逐渐变成了布谷鸟，
布谷鸟缩小成一个个小点，

① 指莱蒙托夫的长诗《塔玛拉》。

② 波舍洪：典出十九世纪俄罗斯小说家谢德林作品《波舍洪古风》，一般指愚昧落后的庸人。

小点掉落在所有房屋的
窗台，恰似喉头哽咽。

那时，驼背用小提琴
抵住下颌，
用手指蒙住
短脸上的笑容，
在细小的琴弦上，
让横轴尖叫，
哭泣——这残疾者——
吱吱呀呀——当当。

合辙的音序令人激动，
虚构的标记在波动，
每一个听众都在悄悄地
用纯洁之泪清洗自我，
在窗台下，一群
穿着长衬裤和女式短上衣的
崇拜者聚在一起，
沉浸于音乐与轰鸣声。

但日常激情的神学家
和吉他冠军
高举骶骨，校准音调，
微微张开嘴唇，
唱起一支温柔的塔玛拉之歌。
一切沉寂……
独裁的声音，
低沉仿佛库拉河的喧嚣，
华丽如同幻想，
响起来……
在那个声音中——塔玛拉褪下裤子，
躺在高加索的床榻上，
对生的背脊之流在闪烁，
青年们也站在那里。
青年们站立着，
挥动手臂，
而野性的、充满情一情欲的声音
整夜都在那里响——响起！
吱吱呀呀——当当！

歌手英俊而严肃，
他一边歌唱，一边在房屋之间劳动，
他在深挖的脏水坑之间
劳动，强壮而直挺。
在他四周——是一串猫爪锚，
一串水桶、窗棂和劈柴
悬挂着，幽暗的世界繁殖
成为庭院狭窄的王国。
但庭院究竟是什么？它是铜号，
他是那一带地区的隧道，
那里，安眠着好战的塔玛拉，
枯萎着我的青春，
有五戈比的硬币，还有
不定的光亮中慵懒地嗡嗡叫的火焰，
它们飞到金蛇的脚下
跳舞，落在无数世纪之上！

1928 年 8 月

在楼梯上

公猫在有弹性的楼梯上，
微微抬起它们的大脑袋，
坐在栏杆上，像一尊尊佛像，
像铜号似的呼叫爱情。
赤裸的母猫，挤成一堆，
相互偎依，相互谅解。
卖弄风情！周围数不胜数！
它们侧着身子绕圈走，
它们流淌爱情的汁液，
它们颤抖，在整个屋子
散发情欲的气息。
公猫在叫春，张开大嘴巴——
它们仿佛在高处的魔鬼，
穿着一身银白的皮袄。

唯有一只公猫偏居一隅，
独坐，若有所思，没在唱歌。
在它蓬乱的波浪形卷毛中，
跳蚤们兴奋地跳着轮舞。

悲伤的楼梯之隐修士，
肮脏水桶的僧侣，
它徒然寻找原始爱情的
世界，一直到天亮。
透过一道门，它感到一间屋子，
屋里白昼的工作刚刚开始。
那里，从炉灶到厕所
唯有老娘们的身躯在蹦跳。
那里，煤油炉构造如拷刑架，
得了肺痨的鱼儿在哀号，
因为恐惧而战栗不已，
它长满了绿色的油疖子。
那里，洗净的动物尸体
躺在一只只冰凉的烤盘上，
生铁，眼泪的圣水盘，
举行着恶的加冕礼。

公猫起身，瑟瑟发抖。
毫无疑问：世界已关闭，

唯有污水正在泼向
智慧偶像居住的地方。
公猫支起两只后脚站立，
走向前，举起爪子。
楼梯塌陷。眼前一片
漆黑。老娘儿们急忙躲闪，
但为时已晚！公猫伸长脖子，
像魔鬼似的蹿跳，兽性大发，
撕裂身体，挠破脉管，
用爪子掏取骨头……
哦，上帝，上帝，多么荒谬！
它发疯了还是受了蒙骗？

夜来临，没有痛苦和恐惧，
私家花园看起来引人
入胜——这猫的断头台，
月亮在那里缓缓升起。
友好的树木晃动着
高大而光秃的身体，

赤裸的小鸟啁啾鸣叫，
用不稳定的脚踝蹦跳。
它们上面，悬挂着公猫的
尸体，龇开黄色的牙齿。

僧侣！你应该被绞死！
再见。在我的窗口上，
正举行野性的狂欢，
母猫重新开始奔跑。
我也站在了楼梯上，
白色的装束，神态庄严。
我在延续你的生命，
我勇敢的遵守教规者。

1928 年

散步

动物没有名字。
谁吩咐过给它们命名？
重量相同的痛苦——
是它们看不见的命运。
公牛远远地走进草地，
去和大自然对话。
在一对美丽眼睛的上方，
白色的牛角在闪亮。
小溪像模样平常的女孩，
隐没在草丛中，
时而大笑，时而痛哭，
双脚被埋进了泥土。
为什么哭泣？为什么忧伤？
她为什么如此痛苦？
整个自然露出微笑，
就像一座高大的监狱。
每一枝小小的花朵
都被一只小手所拂动。
厚皮的公牛滴下灰白的

泪水，奄奄一息。
而在开阔的空中，
轻盈的小鸟在旋转；
为了一支古老的小曲，
温柔的喉咙在劳动。
小溪在它面前闪着水光，
高大的树林在晃动，
每一刻，整个大自然
在缓缓死亡，却依然微笑。

1929 年

诱惑

死神走到人的跟前，
对他说：“主人，
你像一个残疾人，
遭受着虱子的叮咬。
放弃住宅，跟我走吧，
我的棺材非常安静。
无论卑者还是伟人，
我都用白色殓衣覆盖。
你不要担心会有坑洼，
担心学问与你共逝：
田野会自行翻耕，
没有犁头黑麦也会生长。
正午的太阳仍将灼热，
临近黄昏就会冷却。
你呢，饱经沧桑，
将变得洁白而强壮，
躺在精制的棺材中，
与方形的铜十字架共在。”

“死神，你别去打扰主人，”

一个农夫回答她道：
“看在可怜的衰迈份上，
请宽限我片刻的时辰。
给我一个小小的延期，
放我一马。而到那里，
我向你献上唯一的女儿，
来报答你的劳动。”

死神既不哭，也不笑，
抓住小姑娘的双手，
像火焰一样向前飞驰，
从茅舍到院门的青草
全数在她脚底弯下身子。

一座小山屹立在田野，
姑娘在山包里吵吵嚷嚷：
“躺在棺内太难受，
两只小手逐渐变黑，
头发变得像灰土，
胸脯上长出了针茅。

躺在棺内太难受，
俏美的嘴唇在腐烂，
两只空杯取代了眼睛，
知心朋友一个都不见！”

死神在小山上空飞行，
时而大笑，时而忧伤，
火枪的子弹击中了小山，
她弯下身子说道：
“喂，小家伙，别瞎嚷嚷，
别在棺内扯起嗓门喊！
世界之上另有洞天，
从棺材里爬出去吧！
你会听到风吹在田野上，
黑夜再一次降临。
睡意蒙眬的星星驮队
飞翔着，一掠而过。
你在地下的斋戒期结束，
喂，试一试，上去吧！”

姑娘挥动一下双手，
不相信自己的耳朵，
拍击木板，跳了起来，
噼啪！棺材缝随即裂开。

可怜的姑娘散成一堆
肠子，流淌着摊了一地。
她的那件衬衣，
转眼就化成了粉齑。
她身上的每一个毛孔
胆怯地探出了蛆虫，
仿佛幼小的婴儿
吮吸玫瑰红的液体。

姑娘的身体成了菜汤。
嘲笑，哦，且慢去嘲笑！
太阳升起，黏土开裂，
姑娘顷刻就会复活。
在她的胫骨上将长出
一棵小小的树苗，

这树苗会发出喧闹声，
哼唱赞美姑娘的小调，
声音清脆而甜美：
“我哼唱，哼唱摇篮曲，
赞美我的小姑娘！
轻风已飘向田野，
月亮已在天空露白。
农夫在茅舍里安睡，
他们豢养了不少猫狗。
而每一只公猫
都有红色的衣领，
一件蓝色的小皮袄，
大家都穿着金皮靴，
非常昂贵啊，非常昂贵……”

1929 年

蛇

森林在晃动，逐渐变凉，
各种花卉同时在摇摆，
爬行动物闪亮的身体
蜷缩在石头的缝隙。
太阳灼热而普通，
将自己的热量滴到它们身上。
将身体安置在石头中间，
蛇像玻璃一样光滑。
或许是小鸟在天空喧闹，
或许是金龟子在勇敢地嗥叫，
蛇熟睡，把蛇脸隐藏
在温热身体的皱褶之下。
它们张着嘴巴入睡，
神秘而惹人可怜，
而时间在上空
几乎不为察觉地漂浮。
一年过去，两年过去，
三年也过去了。最终，
人发现了蛇的遗体——

梦幻那沉重的标本。
它们为何而来？来自何方？
莫非想用智力证明自己？
但沉睡着一大堆生物，
被抛掷得到处都是。
智者若有所思地准备离开，
离群索居地生活，
顷刻大自然便令人厌烦，
仿佛一座监狱在上面矗立。

1929 年

茶炊

茶炊，肚子的主宰，
住宅高贵的牧师！
我在你的胸部看到耳朵，
在你的脚跟看到额际。

白色碗盘的皇帝，
茶壶的大司祭，
你深奥的絮语因为
那些对世界施恶者而沉重。

我哪，是纯洁的处女，
仿佛一朵未经触碰的小花。
开水纤细而匀美，
悠长悠长地流进茶杯。

茶炊整个小小的房间
在远方如花一般绽放，
仿佛一朵勿忘我
挺立在高高的细秆上。

1930 年

艺术

一棵树在生长，让人想起
一根天然的圆木。
它的身上伸展出枝杈，
浑身缀满树叶。
这些树木的集会
形成一座森林，一座阔叶林。
但是，按照形式的结构来衡量
森林的定义就不太准确。

母牛粗壮的身体，
被安置进四个方位，
顶起庙宇一般的头颅
两个牛角（仿佛初升的新月），
还是那么晦涩，
同样地不可思议，
哪怕在整个世界的生物地图上，
我们忘掉了它的意义。

房子，木质的建筑

竖起，如同树木的坟墓，
仿佛尸体堆成的窝棚，
就像死人垒成的凉亭——
即便我们忘掉那个人，
那个建造和毁灭这房子的人，
难道有人会通过死者获得理解，
有人通过生者就可以抵达？

人是行星的主宰，
大片森林的国王，
牛肉的皇帝，
两层楼房的真主——
他统治这一颗地球，
他也砍伐森林，
他宰杀这头母牛，
却不能说出这个词。

可是我，一个乏味的人，
嘴里含着晶亮的长笛，

吹奏，服从呼吸的节奏，
词飞进了世界，就成为客体。

母牛为我煮过稀饭，
树木为我读过童话，
而死灭的世界小屋
曾经蹦跳，栩栩如生。

1930 年

问大海

我想要去问大海，
它为什么翻腾？
为什么悬挂一把青草，
在它的波浪中间藏匿？
如此浩渺的海水
搅乱我的精神。
最好在那里兴建花园，
可以听到大海的咆哮。
最好有农舍在那里伫立，
种植一些有益的植物，
长角的野兽来回奔跑，
让农夫们生活快乐。
最好开挖一座矿井，
我们可以看见海平面，
做几架爬犁，建造塔楼，
用子弹叫恶狼不安，
四处发放药物，
掰剥一穗穗玉米，
出于以往的经验，

赠送姑娘粉红的扎带。
跳起轮舞多么美妙，
临近黄昏，给蛇放生，
记录白天的印象，
将它们写进自己的小书。

1930 年

休息

在一个正方形的广场上，
有家奶油作坊，一间白屋！
谨慎的公牛在散步，
微微晃动大肚子。
公猫坐在白色椅子上打盹，
小鸽子在窗下盘旋，
玛丽乌莉姨妈在徘徊，
重重拍打着水桶。

离析器，楚赫纳人[①]的上帝，
黄奶油的玫瑰色王子！
请控制住“得得”的马蹄声
允许人们爱上你。
请交给我两罐炼乳，
请给我半桶酸奶油，
为了让我绕着柳树畅饮，
一直到第二天清晨。

奶油作坊轻微的敲击声，

① 楚赫纳人，对芬兰人的蔑称。

一小柜子黄奶油，
莫非是你绕着塔楼敲击，
公牛在那里庄严地散步，
莫非是你绕着柳树玩耍，
身子斜靠着墙壁？

玛丽乌莉姨妈，请为我
唱一支歌，轻松如梦！
所有的动物都已入睡，
月亮被盗窃到了天空。
在你的小屋之前，
沃洛赫登叔叔在打盹，
他丑陋，满脸麻子，
就像肥胖的基路伯[①]。
一切安谧。黄昏与我们同在！
只是在偏僻的街道上，
我听到：在脚底下，
颤动着我暗哑的嗓音。

1930 年

① 基路伯，九级天使中的第二级，专司智慧。

星星、玫瑰和方窗

星星、玫瑰和方窗，
北方之光的箭矢，
纤细、圆溜，呈条纹状，
覆盖我们的建筑。
测杆、窗框和车轮
覆盖我们的房屋。
母猫在顶层阁楼尖叫，
望远镜轰隆隆大笑。
但飞机像圆溜的眼球
在天空徒然地奔跑：
所有的方窗都飞走了，
指挥棒、立方体尽数消失。
在太阳和月亮之间，
唯有一只小小的鸟儿
栖坐在云朵的罅窟，
放开喉咙唱一支歌儿：
“请别再飘拂，星星、玫瑰！
飞走吧，测杆和窗框——
在太阳和月亮之间，

山的背后，早晨在游荡！”

1930 年

蝇后

公鸡拍打灰色翅膀，
黑夜降临在四方。
仿佛一颗星星，蝇后
飞临到沼泽之上。
裸露出身体的骨架，
扑闪笔直的翅膀，
胸口是魔幻的五角星
整个儿在光中呈现。
胸口是悲伤的五角星
在两只透明的翅膀中间，
仿佛不可猜解的坟墓
那一个原始的标志。

沼泽有一种奇怪的苔藓，
纤薄、粉红，多脚，
通体透明，若有生命，
为青草所蔑视。
一个孤儿，在遥远的
穷乡僻壤的居民，

它允诺在周围盘旋的苍蝇
由此得到安居的场所。
苍蝇全身为翅膀所振动，
挺起胸口的肌肉，
潮湿的凝灰岩
一团团地落向沼泽。

如果你正为幻想所折磨，
你就会懂得安拉一词的涵义，
抓住一只奇特的苍蝇，
把苍蝇放进一只罐头，
带着罐头在田野上漫步，
沿着各种各样的标记。
倘若苍蝇出现些微的骚动——
一只脚底就会躺着一块铜币。
倘若有触须向前引导——
便召唤你奔向白银。
倘若拍打起翅膀——
双脚下面就有一锭黄金。

夜悄没声儿地来临，
可以听得到白杨的气息。
我的精神黯淡，逐渐消失
在松林和田野之间。
悲伤的沼泽安睡，
草根在悄悄地蠕动。
有人在坟头呻吟，
身体俯伏在坟包上。
有人在呻吟，有人在哭泣，
星星从高空滴落下来。
苔藓竖立在远方。
苍蝇，苍蝇，你在何方？

1930 年

狼：

可尊敬的林中之蛇，
你并不知道方向，
却要匆匆地向哪里爬？
难道需要活得如此匆忙？

蛇：

聪明绝顶的狼啊，理智
无法理解那个静止的世界，
所以我们就随意地跑动，
恰似炊烟飘离小农舍。

狼：

你的回答倒不难理解，
蛇啊，理智是多么低弱！
你逃离的是自己，我的光，
在运动中领悟真理。

蛇：

我明白了，你是唯心论者。

狼：

你瞧！一片树叶从树上掉落。
布谷鸟用两种音调
编织它的小曲（简单的孩子!），
在高耸的丛林深处歌唱。
太阳下，晶亮的雨滴流，
雨水滴了两三分钟，
庄稼汉赤脚四处奔跑，
随后，阳光重又闪烁，
雨止天晴，水滴全无。
请告诉我这景象是何含意。

蛇：

你去跟别的狼探讨这问题吧，
他们会给你答案，
为什么雨水自天降落。

狼：

说的是。我去找别的狼，
雨水沿着他们的两肋流淌，
雨水就像妈妈，一边吟唱，
一边在我们身上无声地流淌。
大自然将脑袋依偎着太阳，
穿着漂亮的无袖长袍，
整天演奏着一架管风琴。
我们把这个叫做：生活。
我们把这个叫做：降雨，
小雨滴在坑洼里噼啪作响，
森林的喧闹，灌木丛的舞蹈，
勿忘我在林中的开怀大笑。
或者，当管风琴的声音沉寂，
天空却传来一阵阵鼓点，
重约两百普特的乌云大军
遮住了天空每一个角落，
排山倒海的雨水
把林中野兽掀了个四脚朝天，

让我们看得目瞪口呆，
我们把这个叫做：上帝。

1931 年

秋天的标志

当白昼逐渐消逝，大自然
并非自愿地选择照明的光亮，
一大排秋天的人工园林
屹立在空中，仿佛干净的楼房。
苍鹰在林中生活，乌鸦在林中过夜，
云朵像幻影一样成群地移栖。

秋天的树叶因为干缩而翘曲，
覆盖了整个大地。在远方，
一个巨大的生物迈着四条腿
在行动，哞哞地走进雾蒙蒙的村庄。
公牛，公牛！你果真不再是沙皇？
槭树的叶子令我们想起琥珀。

秋天的精神，请赐我力量抓住鹅毛笔！
在空气的结构中——有钻石的存在。
公牛在拐角处隐没，
在大地的尽头，太阳
像一个雾蒙蒙的球体悬挂高空，

不住地闪烁，一片血红。

在眼睑下转动圆溜溜的眼睛，
一只大鸟俯冲下来。
它的动作体现着人的某种存在。
至少，人已用胚胎的方式
悄悄地隐匿在宽大的翅膀底下。
金龟子在树叶丛中微微打开一间小屋。

秋天的建筑。里面是精密的结构，
依次配置了空气的场所、树林与小溪，
安排了动物与人类，
空气里飞舞着一卷卷螺旋状的
树叶，呈现一个特别的世界——
那就是我们在其他的标志中所作的选择。

金龟子在树叶丛中微微打开一间小屋，
摆好三角形的点心，四下打量，
金龟子挖掘出各种各样的小草根，

把它们团成一小堆，
然后吹响自己小小的号角，
再一次躲藏起来，像一名小天神。

可是，风来临。曾经洁净的一切，
开阔、明亮和干燥的一切——
全部变得灰暗、模糊和令人厌恶，
不可辨认。风驱赶烟雾，
让空气旋流，成群地吹落树叶，
在大地的上空如同火药一般炸裂。

于是，整个大自然开始变得疏懒，
槭树的叶子，就像铜币似地
叮叮当当击打一根细小的树枝。
而我们应该明白，这是一个徽记，
大自然传递给我们的信息，
它即将进入年轮的另一个时间。

1932 年

晨歌

强壮的白昼来临。树木笔直地站起来，
叶子在叹息。水在树木的脉管里
流滴。正方形的窗户整个儿
敞开在明亮的大地上空，
小小塔楼上的人们，不约而同地
抬眼仰望那晨光满布的天空。

我们也同样站立在窗户旁，
妻子穿着自己春天的连衣裙，
小男孩坐在她的臂弯上，
他赤裸似玫瑰，笑吟吟地，
充满了安谧的纯洁，
仰望那太阳在闪烁的天空。

而窗下，树木、走兽和飞禽，
高大的、强壮的、毛茸茸的和鲜活的，
围成了一个圆圈，伴随大吉他，
伴随木笛，伴随小提琴，伴随风笛，
突然演奏起一支晨歌，

欢迎我们。周围溢满了歌声。

一片欢歌，唱得公山羊快乐地
绕着龙涎香奔走。
这个金色的早晨，我蓦然醒悟：
没有死亡，我们的生活就是不朽。

1932 年

大象之战

词的战士，每个夜晚
都是你的宝剑歌唱的时辰！

形容词的马儿扑向名词
无力的轮廓，
毛茸茸的骑手
追踪着动词的骑兵军，
感叹词的弹头
像一发发信号弹
在一颗颗脑袋之上爆炸。

词的会战！意义的战斗！
在句法塔楼里的——劫掠。
意识的欧洲
在起义的烈火中。
不顾敌人的大炮，
他们抛射碎裂的字母，
无意识的战象
爬了出去，跺着脚，

仿佛那些巨型的婴儿。

但是，自打出生便不曾吃过东西，
它们被抛弃在秘密的弹坑中，
在齿缝间拥有人的形态，
幸福地跪坐在后腿上。
无意识的大象！
地狱的战斗动物！
它们站立着，用快乐的呼啸
来迎接所劫掠的一切。

大象细小的眼睛
充满了笑意和欣喜。
多少玩具啊！多少苍蝇拍！
喝足了鲜血，大炮已经沉默，
句法建造的不是那些小屋，
世界在笨拙的美中站立。
树木的旧规律被抛弃，
它们的战斗指向新的土地。

它们交谈，书写并列的关系，
整个世界充满了笨拙的意义！
取代破碎的脸蛋，
狼为自己安装了一张人脸，
拽着一枝长笛，演奏
战象最初的一支无词之歌。

诗歌，输掉这场战斗，
站在破乱的宝座上。
古老塔楼的勃朗峰坍塌，
那里，数字闪烁如同民间传说，
三段论逻辑的宝剑在燃烧和闪烁，
它经过纯洁的理性之考验。
为了颂扬另外的俏皮话，
它输掉这场战斗！

在伟大痛苦中的诗歌
折断疯狂的双手，
诅咒整个世界，

希望自我了断，
时而像疯女人哈哈大笑，
时而徘徊在田野，时而突然
躺在尘土中，拥有无数痛苦。

实际上，一个古老的首都
怎么可能倒塌？
整个世界已经习惯诗歌，
一切如此明了。
骑兵部队整齐有序地站立，
在大炮上涂抹数字，
在旗帜之上智慧这个单词
向所有人致意，仿佛说老兄您好。
突然有那么一些大象，
一切彻底变样！
诗歌开始仔细端详，
研究新形态的运动，
它开始理解笨拙的美，
被地狱所抛弃的大象之美。

战斗结束。大地的植物
在尘土中开放，
被理性所驯服的大象
吃着馅饼，喝着香茶。

1931 年

预警

在古代音乐定格形成的地方，
在键盘与死者进行搏斗的地方，
在音调和空间的沉默决战的地方，
诗人，请不要为灵魂寻找外饰。

我们把疯狂与理智结合到一起，
在空荡的意义中间建造一座大厦——
迄今尚不明了的世界学校。
诗歌就是思想在身体中的构成。

她肉眼不见，在水中流淌，
我们用热忱的劳动歌唱这水流。
她在子夜的星星中燃烧——
那星星像火焰在我们面前怒吼。

母牛不安的梦幻和小鸟机敏的理智
会从你奇异的书页向外探望，
树木会唱歌，公牛则用可怕的谈话
让人们感到惊恐，而就是那一头公牛

监管着与我们有着紧密联系的
大千世界的沉默。

承受石头的击打和污泥的泼溅，
你需要忍耐。你要记得每一个瞬间：
倘若你灵敏的耳朵接触了音乐，
你的大厦就会坍塌，而努力渴求知识的
中学生就会嘲笑我们。

1932 年

时间

1

赫拉克利乌斯、吉洪、列夫和托马斯[①]
庄严地围坐在桌前。
头顶，悬挂一盏祖辈的
灯，光滴落在宴席上。
这盏灯豪华而古老，
生铁铸成的女体形象。

这女人在那里被链条锁挂，
烛油在她的背脊流淌，
为的是让灯不会熄灭，
让一切不被黑暗所笼罩。

2

一间优雅的屋子

① 有一段时间，扎博洛茨基与哈尔姆斯、奥列伊尼科夫、利帕夫斯基在每个星期天都聚会。这种聚会被他们自己戏称为“不学无术的学者俱乐部”。诗中的赫拉克利乌斯指的是奥列伊尼科夫，吉洪指的是利帕夫斯基，列夫是哈尔姆斯，托马斯则是扎博洛茨基本人。

因为宴会而熠熠生辉。
墙角下，一大箱粮食，
那里是昂贵的石膏
制成的一座偶像。
大朵的紫菀在花盆开放。
单调的墙壁周围
站立几把漂亮的椅子。

3

这生气蓬勃的房间，
坐着四个宴饮的客人。
有时他们霍地站起来，
攥紧高脚杯的底部，
发出刺耳的叫声："万岁！"
两百瓦的吊灯在照明。
赫拉克利乌斯是丛林战士，
掌握火枪的大黑琴鸡，
黑琴鸡上一个硕大的扳机。

用手指扣紧，我相信，
有助于射杀那些动物。

4

赫拉克利乌斯想象
自己力大无穷，说道：
“我自幼就崇拜女人。
她们就是精致的键盘，
借此可以弹奏出和弦。”
被排枪所杀死的
动物从墙壁向下看。
挂钟挪动自己的指针。
抑制不住智力的冲刺，
深沉的托马斯说道：
“是的，女人的意义巨大无比，
我非常赞同这一点，
但思考时间更重要。是的！
我们哼唱的总是时间之歌。”

5

关于时间的歌
轻盈的旋律从A杯
静静地流进b杯，
少女在编织花环，
星星在铜管乐中舞蹈。

把仙女座与飞马座
向上翻转，倒了个，
在大地的上空升起
一堆堆星星之火。

年复一年，日复一日，
我们像星火一样燃烧，
我们，星座的孩子哭泣，
将双手伸向仙女座。

我们永别的时候，
看见在铜管中
轻盈旋律怎样从A杯
静静地流进b 杯。

6

于是，敲击着高脚杯，
异口同声地喊出“万岁！”
作为回应，举办舞会，
挂钟发出五声叫喊。
仿佛一座小小的教堂，
牢固地悬挂在钉子上，
挂钟从古老笔下发出喊声，
仿佛需要去推动星星。
无底的时间之箱，
挂钟是地狱之手的杰作！
这一切都可以清楚地理解，
托马斯说道，帮助催生思想：

“我建议消灭挂钟。”
捻转起胡子，
他用平静的眼睛打量所有人。
女人生铁的骨盆在闪烁。

7

而如果他们向窗外望出去，
他们就可以看见
黄昏星巨大的斑点。
植物像木笛一样生长，
鲜花晃动自己的肩膀，
而每株草中，仿佛在胃里，
有可能溢出灯光。
肉质植物的小城
切分开水流。
颀长的叶子赤裸着，
在手掌里合拢，
下肢的筋脉淹没

在化学药水中。

8

厌恶地看着窗口。
托马斯说道：“无论酸果，
无论云莓，无论金龟子，无论磨坊，
无论小鸟，无论女人的大腿，
我都不喜欢。你们大家注意：
挂钟在走，我很快将离去。”

9

那时，沉默的列夫站起来，
狂怒地拿起火枪，
拉动了两下枪栓，
放进致命的火药，
瞄准刻度盘的中心，
用强硬的手射击。

所有人站在烟雾里，像神祇，
低沉有力地说道："万岁！"
他们的头顶，女人的
一双铁脚闪烁两百瓦光芒。
所有的植物掉下来，
落向玻璃，仿佛掉在胶水上，
他们惊奇地观赏着
人们理智的坟墓。

1933 年

鸟

隐隐约约地摇摆着，
去截断所有风的去向，
轻捷的鸟高高地悬挂，
仿佛一盏盏明灯在天空闪亮。

它们的眼睛就像望远镜，
直接向下俯瞰，
人们像臭虫一样爬行，
喷泉袅袅地蒸发。

田鼠围着耕地奔跑，
鸟俯冲向田鼠。
刹那间就面目全非，
尸体被藏匿在芦苇中。

鸟栖停在芦苇丛，
它用爪子拽出小田鼠，
水滴从它的口中
一股一股流进大地。

移动那一对望远镜，
虽说它们已失去光泽，
鸟陷入思考。四轮马车
行驶在小山坡上。

四轮马车在田野上奔跑，
我坐在四轮马车上，
也同样把命定的不幸
冲自己的心脏摆放。

1933 年

冬天的开端

冬天寒冷而明朗的开端
今天敲了我三次门。
我走向旷野。冬天的空气
锐利如铁，包裹我的心。
我一声叹息，挺直腰背，
轻盈地从丘冈向平原奔跑，
边跑边颤抖：小河可怕的面貌
突然看我一眼，直刺我的心。

寒冷给自然戴上镣铐，
冬天行走，将手伸进河水。
河在颤抖，嗅知死的时刻，
不再能睁开倦怠的眼睛，
而它整个无助的身体
突然可怕地绷紧、僵呆不动，
躺在那里，用脑袋撞击，
铅灰的波浪微微蠕动。

我注视小河怎样缓缓死去，

不是一天，不是两天，仅在这一刻，
当她因为痛苦而呻吟，
似乎已经渗入她的意识。
在力量消失的悲伤时刻，
周围不再有任何人，
小河中的自然为我们描画
一个自己的意识滑动的世界。

在她喑哑的苦恼中，
在波浪的表情里，我似乎
突然抓住了思想
正在消逝的痉挛和濒死的
特征。而如果你知道，
人们怎样看待自己的末日，
就会懂得河的眼神。一半
致命地发黑的河水，
薄冰像鳞片似的颤动。

我站在石头的陷窝旁，

捕捉上面白昼最后的反光。
一群巨大的鸟在云杉上
凝神俯视着我。
我走了。夜幕降临。
风旋转，掉进烟囱。
小河好像在勉强地挣扎，
在石质墓穴硬化。

1935 年

森林里的春天

每天在斜坡上，我
都会迷失，亲爱的朋友。
到处都配置了
春日时光的实验室。

在每一株细小的植物中，
仿佛置身于生动的蒸馏瓶，
液态的阳光泛起泡沫，
自行沸腾了起来。

白嘴鸦探查了这些蒸馏瓶，
像化学家或医生一样，
伸展着紫色的长羽毛，
在大道上来回走动。

借助一个笔记本
仔细钻研自己的课程，
收集胖乎乎的肥蛆，
为孩子们备用。

而在秘密森林的深处，
荒蛮，杳无人烟，
松鸡开始唱起
一支尚武远祖的古歌。

仿佛古代的一尊神像，
因为罪孽而疯狂，
在村庄背后低沉地歌唱，
全身在有节拍地颤动。

在山杨树下的小草墩，
欢呼升起的太阳，
伴随古老的诀别歌，
兔子们跳起环舞。

爪子紧贴爪子，
如同一群年幼的孩子，
单调乏味地唠叨

兔子们的委屈。

在歌声之上，在舞蹈之上，
此刻的每一秒钟，
太阳的脸庞涨得通红，
让大地充满童话。

而它或许会弯下身子，
俯向古老的森林，
面对林中奇妙的景象，
情不自禁露出笑容。

1935 年

干旱

哦，灼烫到越过极限的太阳，
熄灭吧，请怜悯一下不幸的大地！
幽灵的世界晃动着大气层，
整个金灿灿的空气都在颤动。
在植物黄色穗叶的上空，
漂浮着蒸汽那透明的形体。
你多么恐怖，花朵瘦骨嶙峋的世界，
花冠被点燃的世界，碎叶的世界，
丑陋的、被烤煳的脑袋的世界，
一群上帝的牛羊在那里徘徊！

在致命的昏厥中，可怜的小河
几乎难以嗫动干燥的嘴唇。
巨大的裂纹装饰着河床，
蜗牛在爬行，伸出它们的触角。
水下的带篷马车、板车，
珍珠与石灰岩制成的盒子，
请停下！在这个可怖的日子，
一切都不再活动，直到影子落下来。

唯有到了黄昏，在阔叶林背后，
太阳落下它那血红的光圈，
青草哀怨地哭过，恢复了理智，
橡树叹息着举起残损的手臂。

可我的生活更加悲惨一百倍，
当孤独的理智感到了疼痛，
臆造的念头如同怪物，端坐着，
在腐烂的苔草之上举起鱼篓。
不安的灵魂在昏厥之中，
怀疑像蜗牛一样在移动，
黑色的植物，如同煤炭似的
摇摆着，战栗地站立在沙滩上。

为了让灵魂重新痊愈，
让雨水和风暴击打一次吧！
请抓住引燃大路灯的闪电，
用双手汲取朝霞晶莹的光芒，
请用洒落在肩膀上的彩虹

来装点人类的住宅。

请不要害怕风暴！请让大自然
清洁的力量来击打胸膛！
意识描画出的那一条道路，
反正她也无法再拐出。
女教师，处女，母亲，
你不是女神，我们也不是男神，
可是，你模糊而杂乱的课程
领会起来毕竟是那么甜蜜！

1936 年

哦，夜的花园

哦，夜的花园，神秘的管风琴，
长号的森林，大提琴的栖息所！
哦，夜的花园，沉默的橡树、
安静的云杉悲惨的驮运队！

它整天在奔波和喧哗。
橡树的激战、白杨的——震荡。
一万片树叶，就像一万具身体，
在秋天的空气中相互纠缠。

铁的八月[1]穿着长筒靴，
伴着一大盘野味站在远处。
草地上响起一声声枪击，
空中闪动一具具鸟的尸体。

花园沉寂，月亮突然升起，
数十个长影落在地上，

① 俄语的“八月”一词与古罗马第一个皇帝“奥古斯都”相同，此处有双关的意思。

椴树举起了一只只手掌，
小鸟躲进矮小的灌木丛下。

哦，夜花园，哦，可怜的夜花园，
哦，沉睡已久的存在！
哦，在头顶上空迸发的
星星碎片那短暂的火焰！

1936 年

灵魂中存在过的一切

灵魂中存在过的一切，仿佛又已失落，
我躺在草丛中，忍受悲伤与烦闷的折磨，
小花美丽的躯体在我头顶上空升起，
螽斯像一名小小的卫士，在它的跟前守护。

我翻开自己那一本硬皮大封面的书，
第一页出现一张植物的图纸。
漆黑而死寂，从书本到自然延伸的
时而是小花的真理，时而是寄居其中的谎言。

而小花惊奇地看着自己的映像，
仿佛试图领悟一种陌生的奥秘，
反常的思想运动在树枝之间飘荡，
那是无法传递的意志的努力。

螽斯举起自己的小号，大自然骤然苏醒，
悲伤的造物唱起献给智慧的赞美诗，
小花的相似物在我的旧书里蠢蠢欲动，
于是，我的心也迎着它而悄悄战栗。

1936 年

昨天，反复思考着死亡

昨天，反复思考着死亡，
我的灵魂突然变残酷。
可怜的一天！古老的
大自然从森林的黑暗中望着我。

分离之不可忍受的忧愁
刺透我的心，而在这一刻，一切，
我听到一切，——黄昏小草的歌唱，
水的絮语，石头僵死的呼喊。

而我，一个活人，在旷野漫游，
无所畏惧地走进树林，
死者的思想如同一根根透明的木桩
在我的周围站立，直抵天空。

簇叶之上，可以听到普希金的声音，
赫列勃尼科夫的小鸟在水边歌唱，
我也会遇见石头。石头凝然不动，

① 斯柯沃洛达(1722–1794)乌克兰哲学家、诗人。

石面上浮现斯柯沃洛达[1]的面庞。

一切的存在，一切的民族
都在守护不朽的生存。
但我本人并非大自然的孩子，
而是它的思想！善变的理智！

1936 年

鸽书

在童年时代，我许多次聆听过
关于隐秘之书的一个祖辈的故事，
它几近被遗忘……河的对岸，
如同往常一样，升起血红的霞光，
已到睡眠时分，迷雾在河面弥漫
有如白色的殓布，心逐渐冻僵，
可怜的世界也已忘却自己的痛苦，
全部归于沉寂，唯有在远方，
螽斯，宇宙这小小的工人，
还在劳动、歌唱，并不希求什么关注——
独自一个，说着不可理解的语言……
哦，安谧的时刻，夏夜的开端！
暝色中的乡村。幽暗农舍的周围
是一群灰色的庄稼汉，半闭着眼睛，
坐在原木上低声交谈。

透过夜的幽暗，我看见，
火焰突然在烟囱之上迸发，
时而是蓬乱的灰白胡须，

时而是疲惫手臂暴露的青筋。
我还听到了熟悉的传说，
真理如何引发非真理的争斗，
非真理如何获胜，从此以后，
农民们就屈辱地顺从命运生活。
唯有在遥远的海洋那边，
在白石之上，在海水中间，
一本金饰的图书在闪烁，
它的光芒直逼天穹。
那本书从某一朵雨云上掉落，
所有的字母像花朵开放，
那只强壮的命运之手在书中
写下大地整个隐秘的真理。
但上面烙下了七重印记，
七只野兽守伺在周围，
它受命必须保持沉默，直到
印记脱落，掉进深渊。

而夜在安静的大地之上燃烧，

田野被灌注了战栗的光亮，
夜晚朦朦胧胧的白杨
在头顶上空高高地漂浮，
世界——如同一个童话。人民的传说，
他们的智慧幽暗，但双倍地亲切，
就像这古老而强壮的大自然，
自童年时代就渗透了我的灵魂……

老人，我夜晚的讲述者，你在哪里？
你究竟在想念那劳动的真理，
还是相信诱惑的纪念日？
我不知道……你死了，赤裸而孤单，
在你的坟墓之上，新的一代
早已开始喧哗，正热火朝天地
改造这个阴郁的世界。

1937 年

变形

世界变幻莫测！我也变幻莫测！
我仅仅只有一个名字，
的确，我被命名的存在——
非我独有。我们有很多。我活着。
在我的血液尚未凝固之前，
我死过不止一次。哦，从自己的躯体
我剥离过多少死者的躯体！
倘若我的理智能够恢复视力，
把锐利的目光向大地凝注，
它会发现，在坟墓深处
躺着的我。它会向我展示
我，在海浪中晃荡的我，
随风飘向看不见的远方的我，
我可怜的骨灰，曾经如此可爱的遗骸。

但我依然活着！精神也越来越纯洁、
更圆满地笼罩神奇的造物。
大自然活着。新鲜的牧草
和死的标本还活在石头中间。

环环相扣，形式套着形式。世界
在它整个鲜活的建筑学中——
是奏响的管风琴，小号的海洋，无论
在快乐、在风暴都不死的键盘乐器。

万物变幻莫测！从前的一只鸟
如今躺着，成为书写过的一张纸。
我往昔的思想是一朵普通的小花，
叙事诗蠕动，像缓步的老牛；
我过去的一切，或许，
会再度生长，植物世界日益繁茂。

就这样，仿佛费力地拆解
一个非常复杂的线团，
你突然会发现应该被命名为不朽的
存在。哦，我们的迷信！

1975 年

森林湖

黑暗的森林，为梦笼罩，
一只水晶杯再度向我闪烁。

透过树木的搏斗和狼的战争，
昆虫在吮吸植物的汁液，
树枝在暴动，花朵在呻吟，
贪婪的大自然统治芸芸众生，
我用双手拨开枯干的灌木丛，
艰难地挤到你跟前，死在入口。

戴睡莲的花冠，穿苔藓的衣裙，
佩挂一串干蘑菇缀成的项链，
静躺一小块纯洁的湿地，
游鱼的避难所和鸭子的栖息地。
但奇怪的是，周围多么安静和肃穆！
这荒凉地方的壮丽来自何处？
为什么群鸟不再啁啾，
而是沉睡，陶醉于甜蜜的梦乡？
唯有一只鹬鸟不满于命运，

茫然地吹奏一枝植物的长笛。

在黄昏安谧的火焰中，湖
平躺在密林深处，安静地闪烁，
松树像一根根蜡烛伫立高空，
到处合成一连串的圆圈。
透明湖水的无底大杯
闪闪发光，正在独立地思考。
伴随黄昏星的第一次闪现，
无限惆怅的病人的眼睛也如此，
不再感觉到生病的躯体，
闪耀，涌向夜晚的天空。
一群动物和一群野兽
透过云杉，塞进有角的脸，
向真理之泉，向自己的圣水盘
弯下身去畅饮生命之水。

1938 年

夜莺

森林的无伴奏合唱已经停止，
黄雀微微张开细小的喉咙。
在树叶的圆冠中，夜莺的身体
在世界上空不停发出清脆的声响。

狡猾的激情，我愈是驱赶你们，
就愈加不可能嘲笑你们。
卑微的小鸟，在这闪亮的庙宇里，
莫非是你统治着一片沉默？

斜射的光线飞向无边的旷野
击打清凉树叶的表面。
信仰，我愈多地体验到你，
就愈是不相信你的忠贞。

而你，夜莺，被钉牢于艺术，
安东尼奥所迷恋的克丽奥佩屈拉，
疯子，你如何能相信感觉？
你如何能迷恋爱情的追捕？

为什么，你告别黄昏的树林，
你把我的心脏划成碎片？
我因你成疾，或许最简单的是
与你分手，远离灾难。

这世界明显是为野兽而造，
它们是最早荒漠交响乐的父母，
听到你在洞穴中的赞美声，
哞哞地悲鸣：“安东尼奥！安东尼奥！”

1939 年

盲者

仰面对着天空，
不戴帽子，
他直立在大门口，
这个被上帝诅咒的老人。
他整天都歌唱，
曲调忧伤而怨懑，
动人心弦，
顷刻就征服过路人。

而在老人的四周，
年轻的后生们喧闹不已。
疯狂的丁香花在开放，
在花园中发出呻吟。
白色小花开满稠李的树干，
令人炫目的昼光
顺着植物银色的树叶，
缓慢地升上天空……

你为什么哭泣，盲者？

你为何在春天陡然感到不安?
过去的希望
早已不曾留下任何踪迹。
你无法用春天的簇叶
遮掩黑色的深渊,
呜呼,你永远不可能
睁开你半死的眼睛。

你整个的一生——
如同一个习见的巨大伤口。
你不是太阳的爱好者,
你也不是大自然的亲属。
在古老的迷雾深处,
你学会了生存,
在黑暗古老的面孔上,
你学会了观察……

我害怕去想象,
在大自然边缘的某处,

仰面对着天空，
像我这样的盲者又能怎么办。
唯有在灵魂的黑暗中，
我欣赏春天的水流，
唯有在我痛苦的心中，
我与它们交谈。

哦，我是如此困难地
欣赏着大地的事物，
整个置身于习惯的迷雾，
我马虎，我空虚，我恶毒！
我的这些歌曲——
它们在世上曾被多少次演唱过！
哪里可以找到词语
创作崇高而生动的歌曲？

轰响的幽暗缪斯，
沿着无边祖国
那些伟大的道路，

你要将我引向何方？
我从来不曾，从来不曾
寻找与你的联盟，
我从来不曾愿意
屈服于你的强权之下——

你亲自选择我，
你亲自刺穿我的灵魂，
你亲自向我指明
大地的一个伟大的奇迹……
年迈的盲者，歌唱吧！
夜正在降临。夜晚的星辰
将重复你的歌声，
在远方平静地闪烁。

1946 年

清晨

公鸡打鸣，破晓，时辰已到！
森林中脚底是一座银山。
那里伫立着一大片黑色的树木，
那里云杉如标枪，槭树——像子弹，
它们的树根似引线，树枝像椽条，
轻风爱抚它们，星辰照耀它们。
啄木鸟在湿漉漉的橡树上
摇摆着，从清晨开始用斧子
砍伐密林之书忧郁的音调，
把短小的脑袋缩进脖子。
荒漠所诞生的
声音在晃动，
蓝色的蜘蛛
在蛛网中晃动。
空气在晃动，
透明而纯净，
在闪烁的星光中，
树叶在晃动。
小鸟戴着明亮的头盔，栖坐

在遗忘的叙事诗的大门上，
赤裸的小女孩在溪水中玩耍，
仰望天空，笑嘻嘻地眨动眼睛。
　　公鸡打鸣，破晓，时辰已到！
　　森林中脚底是一座银山。

1946 年

大雷雨

电闪由于痛苦而颤抖，飞驰过世界的上空，
乌云的影子掉下来，消融，与青草化成一片。
云浪在天上慢慢地蠕动，感觉呼吸更困难了，
小鸟贴近地面飞行，滑过我的头顶。

我爱这欣悦之幽暗，灵感涌溢的短暂的夜，
青草吐露的人之絮语，黑掌心里预言的凉爽，
爱这思想的闪电，远方最初的惊雷
缓慢的显现——母语中那些最初的单词。

明眸的少女也是这样从幽暗之水来到尘世，
水沿着胴体流淌，在欣悦中逐渐消失，
青草躺着昏迷不醒，看见了天空的畜群
时而向左奔，时而向右跑。

而在水的上空，在开阔的地球上空，
她神色惊讶，在奇诡的闪光中望着自己的裸体。
与惊雷嬉戏，一个单词在一片白云中翻滚，
亮晶晶的雨水扑向一朵朵幸福的花儿。

1946 年

贝多芬

就在那一天，当你的和音
战胜了复杂的劳动世界，
光明战胜光明，乌云穿透乌云，
惊雷推动着惊雷，星星进入星星。

你获得一种狂暴的灵感，
在雷雨乐队中有着惊雷的颤动，
你攀援云彩的梯蹬站起来，
去触碰各个世界的音乐。

运用铜管的密林和旋律的湖泊
你战胜不和谐的飓风，
你对着大自然的面孔呼喊，
透过管风琴伸进狮子的脸庞。

在广袤的世界之脸跟前，
你将那样的思想放进这呼喊，
伴随哀号，一个词脱离另一个词，
成为一种音乐，给狮脸加冕。

竖琴再一次在公牛角上奏响，
雄鹰的骨头变成了牧人的长笛，
你深谙世界生动的魅力，
从恶之中剔出它的善。

透过广袤的世界之平静，
九级巨浪上窜，直抵星辰……
请打开吧，思想！词，请变成音乐，
请击打心脏，让世界为胜利而欢庆！

1946 年

椋鸟，请让给我一隅之地

椋鸟，请让给我一隅之地，
把我放进老旧的椋鸟笼。
我拿灵魂作为抵押，
换取你蓝色的雪花莲。

春天喃语着打起了唿哨。
白杨树齐膝被淹没。
槭树从梦中醒来，
拍打树叶如同翩飞的蝴蝶。

哦，田野上如此的喧嚣，
哦，小溪如此的胡言乱语，
告别了阁楼，试一试，
但不要在树丛里丢掉脑袋！

椋鸟，请唱一支小夜曲！
透过历史的定音鼓和小铃鼓，
你——是春天最初的歌手，
来自白桦树音乐学院。

游手好闲者，请尽力展开想象！
向后仰起玫瑰色的小脑袋，
在白桦树丛旁，从喉咙深处
翻掘出琴弦的闪光。

多么希望我也能一展歌喉，
可书页一蝴蝶对我低声耳语道：
“谁在春天大扯开嗓门，
谁到夏天就会失掉声音。”

春天多么美好，多么美好！
丁香花攫住了整个灵魂。
灵魂，在你春意盎然的花园上空，
请举起那小小的椋鸟笼。

放在高耸的细杆上，
天空闪烁着喜悦之光，
伴随着连珠似的鸟语，

让一只蜘蛛粘连一颗星星。

请你转身面对整个世界，
向蓝色的雪花莲致敬，
与失去知觉的椋鸟一起，
徜徉在春天的田野上。

1946 年

树木，请读一下赫西俄德[①]的诗歌

树木，请读一下赫西俄德的诗歌，
你会为奥西恩[②]的颂歌而惊讶，山楂树！
大自然，你今天举起的不是利剑，
而是在库霍林盾牌之上的下课铃铛。
风在悠扬地歌唱，就像那些游吟诗人，
莫尔温王国的白桦树也不曾沉默，
但兔子和小鸟在课桌后面端坐，
第九位缪斯女神走向野兽。
白桦，你们是女中学生！尽情闲聊吧
肆意蹦跳吧，请掀起你们的裙摆！
你们听，瀑布在发出轰鸣，怎么能
穿过风暴和泥泞，让动词变位？
你们听，在小溪的镜子面前，

① 赫西俄德，公元前8世纪末至7世纪初的古希腊诗人。著有长诗《神谱》和《工作与时日》。

② 奥西恩，传说中的古克尔特英雄和游吟诗人，自公元三世纪起，他的作品在爱尔兰和苏格兰非常流行。十八世纪后期，一位苏格兰诗人马克弗森声称发现了奥西恩的诗歌手稿，出版了《苏格兰高地上的古诗集碎片》《芬戈尔》和《特摩拉》等。后虽被判定为"赝品"，但奥西恩风格却因此而确立。后文中的库霍林是奥西恩诗篇中的英雄人物，莫尔温是传说中的王国。

在柳树的树叶下，在枞树的枝梢下，
螽斯在痛哭，年幼的哈姆雷特怎么会
没有力量摆脱你们的金银线之束缚？
大自然，你又一次欺骗了我，
你牵着我的鼻子走，像一个皮条客！
今天，在阵雨和雷鸣中，我以谁的名义，
再一次像一名疯子似的游逛？
荡妇，你有多少次向我念叨过，
这里，在全部易朽物的大门口，
并不是那个精神之不朽幻觉的地方，
所谓生命之延续只是一个瞬间！
于是，我就这么相信了你！不论
把灵魂从这具肉体中抖落到何方，
莫非我都不值另一种奇迹，
那心灵因此而开始歌唱的奇迹。
我们，人——是这个世界的主人，
是它的智者和它的教育家，
接下来，在丛林之上，在熊穴旁边，
奥西恩我们琴开始演奏。

从大海到大海，从乡野到乡野，
我们教育和培养年轻的兄弟，
而蝴蝶，在太阳下嬉戏，
栖停在苏格拉底的秃顶上。

1946 年

朝霞尚未升起在村庄上空

朝霞尚未升起在村庄上空，
数十个影子还在花园里躺伏，
花草树木冻结的世界
仍然有银白的月光在闪烁。

怎样一个响亮的初冬呵！
昨天还是透明—蔚蓝的白昼，
风却因为黑夜而丧失理智，
雪花飘落，树叶蒙上了薄霜。

我陷入沉思，向窗外望去。
在邻近街区的屋顶之上，
笼罩着一层透明的火焰，
太阳呆板地缓缓升起。

一排排神奇的银色白桦树，
被一层无机的白雪纤维缠绕，
暴风雪突然携带的花园，
被一片冰凉的水晶所装饰。

我的老猎狗警惕地蹲立着，
而雪地闪烁着珠母一般的光芒，
越来越明显地可以感到
我的灵魂与这冰凉早晨的关联。

那样，在宽广的冬天之霞光中，
在冻僵植物的荫覆下，
我们灵感那些鲜活的力量
呈现得更加自由，也更加充分。

1946 年

在这片白桦的小树林里

在这片白桦的小树林里，
远离痛苦与灾难，
那里，绯红的晨光
晃动着，一眼不眨，
树叶如同透明的雪崩，
从高高的树枝上滴下来——
黄莺，请为我唱一支荒漠之歌，
我的生命之歌。

飞到林中空地的上面，
从高处看见人们，
你选择了一根
平淡无奇的小木笛，
为的是在早晨的凉爽中，
访问人类的住所，
用简单的晨祷
迎接我的早晨多么纯洁。

但要知道在生活中我们是战士，

在理智的范围内，
原子在不住地颤动，
白色的旋风席卷房屋。
仿佛是疯狂的风车，
战争在四周鼓动着翅膀。
黄莺，林中隐士，你在哪里？
你为何沉默，我的朋友？

你被爆炸所包围，
在芦苇变暗的河流上空，
你飞到悬崖之上，
飞到死亡的废墟之上。
一个沉默的漂泊者，
你把我送向战场，
而在你的头顶之上，
绵亘着致命的云朵。

在伟大的河流背后，
太阳升起，在清晨的迷雾中，

我将作为一名死者，
与被燎焦的世纪一起倒向大地。
像狂怒的乌鸦叫过之后，
子弹全身颤抖地不再作声。
那时，在我撕裂的心脏上，
你的嗓音唱了起来。

在白桦的小树林之上，
在我白桦的小树林之上，
树叶如同绯红的雪崩，
从高高的树枝上滴下来——
在神性的水滴之下，
一片小花瓣逐渐发凉——
庄严的胜利之早晨升起来，
永远！

1946 年

我触碰一下桉树的叶子

我触碰一下桉树的叶子
和龙舌兰坚硬的羽毛，
阿扎尔[1]甜蜜的野草
为我吟唱一支黄昏的歌。
木兰花一袭白衣，
弯下雾霭似的身躯，
而蓝色—蓝色的大海
拍击海岸狂放地歌唱。

可在自然暴怒的闪光中，
我梦见了莫斯科的小树林，
那里，有一片淡蓝的天空，
植物更朴素、更平凡，
那里在草地明亮的幻景之上，
温柔的黄莺在呻吟，
那里，我亲爱的女友
投出了忧伤的眼神。

① 阿扎尔：格鲁吉亚的一个地名。

心因为疼痛而战栗，
悲伤那清澈的泪水
滴落在茂密的植物丛中，
那里，白色的鸟儿在啼啭。
而在天空，灰蒙蒙的，
耸立着一棵棵樟树，
吹奏着亮晶晶的小号，
敲击定音的铜鼓。

1947 年

我不在大自然中间寻找和谐

我不在大自然中间寻找和谐。
无论峭岩深处，还是明朗的天空，
啊，迄今我还不曾发现
那些理智对称的元素。

自然世界有各式乖僻的性情！
在狂风冷酷无情的歌唱中，
心听不到均匀的共鸣，
灵魂也不能感知协调的嗓音。

但在秋天黄昏的静谧时分，
狂风在远处停止呼啸，
被衰弱的夕晖笼罩，
失明的夜降临到河面，

当一片黑魆魆的河水
厌倦了骚乱的运动，
摆脱沉重而无益的劳作，
疲惫地进入不安的梦境，

当矛盾纷扰的大千世界
腻味了徒劳的游戏——
一个负载人的痛苦之形象
就从无底的河水浮现在我面前。

就在这一刻，悲伤的大自然
躺在四周，沉重地叹息，
它不喜欢野性的自由，
恶与善并不能在其中离析。

它梦见涡轮机闪亮的转轴，
理性劳动匀称的声音，
烟囱的歌唱，堤坝上的晚霞，
在电缆中传输的电流。

于是，充满爱心的疯妈妈，
熟睡在自己的床上，
把孩子崇高的世界揣在体内，
只为明早与儿子一起去看太阳。

1947 年

妻子

把蓬松的头发从额头撩起，
他闷闷不乐地坐在窗旁。
妻子走到他的身边，
向一只绿色高脚杯倒进药水。

患病的眼神闪亮着，
多么胆怯，多么专注，多么温柔，
多么滑稽，这一绺绺卷发
垂挂在消瘦的脑袋上！

自清晨，他一直在写呀写，
沉浸于看不见的劳作。
她不敢走动，不敢喘气，
只要他能健康就不错。

地板在她脚下咯吱响，
他把眉毛一扬——马上，
这锐利眼睛射出的目光
让她恨不得钻进地缝。

那么，你究竟是谁？宇宙天才？
你想一下：无论是歌德，还是但丁，
都不曾体验如此恭顺的爱情，
对天才如此胆怯的信任。

你在白纸上抓挠什么？
你为什么总是那么易怒？
在挫败和抱怨的黑暗中，
你翻掘着，究竟寻找什么？

可是，如果你在为人们的
幸福，为他们的利益而忙碌，
那么，你竟然会迄今
尚未发现自己生命的宝库？

1948 年

过路者

充满了灵魂的恐慌，
戴着棉帽，挎着军用包，
每个夜晚他都迈步
行进在铁路的枕木上。

夜深了。在纳拉站[①]
开走了倒数第二班火车。
月亮升起在屋顶之上，
在库房的边沿闪烁。

拐入通往桥梁的方向，
他走进春天的密林深处，
那里有俯身乡村墓地的松树，
伫立，如同一大群灵魂。

在林荫道的尽头，飞行员
长眠在一堆彩带中间，

① 纳拉站：指莫斯科郊区的别列杰尔金诺站，距该站不远便是作家村。

死去的螺旋桨泛着白光，
他的头顶矗立着一座纪念碑。

在幽暗的宇宙宫殿里，
在这个睡意蒙眬的簇叶上，
升起了那瞬间不期而来的
穿透灵魂的安谧，

神奇的安谧！面对这安谧，
人类激动与永远匆忙的
那一颗鲜活的灵魂
垂下目光，不再做声。

在蓓蕾轻微的簌簌声中，
在树枝迟缓的噪音中，
一个匿形的青年飞行员
正与灵魂交谈什么。

躯体在路上迟缓地行走，

迈过了数千重灾殃，
而他的痛苦，他的不安
如同疯狗一样紧随着不放。

1948 年

读诗

好奇、忘情、细致地读：
一行看来几乎不像诗的诗。
作家在完成的作品里去猜度
蟋蟀与儿童的嘟哝。

言辞零乱的废话
存在着众所周知的敏感。
但是，难道可以用人的幻想
作为这些消遣的供品？

难道俄语的一个单词
可以转化成金翅雀的啁啾，
意义那一个活的基础
难道不能因此引起回响？

不！诗歌不会给我们的
想像力设置藩篱，因为它
不为猜字谜的人存在，
女巫师头戴一顶椭圆帽。

谁自童年就习惯读诗，
永远信赖创造性的劳动，
他拥有的就是真正的生活，
俄罗斯语言充满智慧。

1948 年

鹤群

四月，飞离了非洲，
来到祖国的河岸上，
你们呈狭长三角形飞翔，
隐没于天空，鹤群。

伸展开银白的翅膀，
越过整个宽广的天穹，
领头者带领数量稀少的子民，
进入富裕的谷地。

但是，在翅膀底下，
闪现一泓透明的湖泊，
在灌木丛中有人举起了
一管黑色锃亮的枪筒。

火光击中了鸟的心脏，
火焰快速迸发，随即消失，
那神奇伟大的一个部分，
从高空向我们沉重地落下。

两只翅膀，像两个巨大的忧伤，
拥抱冰凉的波浪，
不断复诵悲怆的号哭，
鹤群冲向高空。

唯有在星星运转的地方，
在自身罪孽的救赎中，
大自然再一次交还它们
那些死神带走的东西：

骄傲的精神，高尚的追求，
不屈从事斗争的毅力，
来自前辈的一切，还有
青春，都会转向你。

而领头者穿着金属衬衣，
缓缓沉入到谷底，
朝霞在它的上空制造了

金色反照的一个斑点。

1948 年

白昼的光

当白昼的光在远方消失，
在垂身于农舍的黑雾中隐匿，
我头顶的整个天空开始闪烁，
仿佛启动一个巨大的原子——

与此同时，一个幻想煎熬着我，
在某处，宇宙的另一个角落，
同样的花园，同样的黑暗，
同样的星星在不朽的美中。

而或许，也有某一位诗人，
在花园里站立，伤感地思考，
为什么在一年的尽头，
我要用迷蒙的幻想去把他惊扰。

1948 年

解冻

解冻，一场风暴之后。
只要暴风雪平息下来，
同时就会隆起一个雪堆，
整个雪野黯淡起来。

月亮的碎片闪烁
在撕裂的乌云中间。
松树沉重的枯枝
挂满了湿漉漉的雪片。

小冰块掉落、融化、
流淌，扎进雪堆，
水洼，像一只只小碟，
在小路旁熠熠生辉。

让白色的田野
呼吸沉默的睡意，
大地重新开始忙活，
投入无以计数的工作。

在积雪的小仓库旁，
一群不眠的小孩，
把雪水捧在手掌心，
带给春天最初的器皿。

你们是谁，宇宙的小孩？
莫非你们注定要拥抱
在短暂的生命之中，
我们的心灵被赋予的珍宝？

1948 年

临近四月中旬

四月中旬逐渐临近，
小溪喷流着落下斜坡，
溢洪道的木质水槽
日夜在堤坝上轰鸣。

所有白柳都衰老、残损，
在它们的荫覆下，
有一次，我在漫步中，
发现一个陌生人。

他站立，手里拿着
一块原封不动的大面包，
用另一只空闲的手
一页页翻看一本旧书。

忧愁在额头犁出皱纹，
身体显得不太健康，
可是，持久的脑力劳动
深深抓住了他的心灵。

飞速掠过一页又一页，
他抬起惊奇的眼睛，
欣赏着小溪一串串水柱，
在湍流中激起飞沫。

这一刻，他面前敞开了
迄今看不见的事物，
他的灵魂升腾了起来，
仿佛孩子脱离自己的摇篮。

而白嘴鸦如此疯狂地鸣叫，
白柳树如此暴怒地喧哗，
以至于仿佛悲伤不再愿意
去除他身上的残渣。

1948 年

暮春

春天迟来的太阳
升得越来越高，
照亮了屋顶的瓦片，
温热了松林。

树叶遮掩不了的枝干
形成棕红的迷烟，
夜莺拍打翅膀在歌唱，
全身洒满斜射的阳光。

此刻，多么自然啊：
复诵简洁、慢速的句子。
这小小的造物非常准确地
为我们专业地歌唱。

哦，心灵所钟爱的欺骗，
天真岁月的迷失！
当林中空地泛起一片翠绿，
我再也无法离开你。

我像古老的哥白尼，推翻
地心说的星辰之歌，
在他的基础上，发现的
唯有树叶簌簌和翅膀的音乐。

1948 年

正午

酷热的夏天令人眩目，
正当自己的时令。
被太阳灼热的青草，
蒙着一层潮湿的蒸汽。

牛蒡叶因为暑热而泛黄，
卷起粉红的铠甲，
因为苍蝇而感到窒息，
站在农舍高高的窗口下。

在我大自然的繁荣期，
有一个过于饱和的瞬间，
那样的时候，植物的脑袋
分泌出珠母色的粘汁。

爱情的武器感到疲倦，
激情枯萎，但往昔的火焰
还在血液中阴燃和徘徊，
惊扰的不是肉体，而是理智。

可它在正午打起了瞌睡，
在天穹的正中央，
奄奄一息的大自然所能辨别的
唯有致命暑热的一个斑点。

1948 年

动物园里的天鹅

透过公园夏日的夕光，
沿着人工湖的堤岸，
美人，处女，女野人——
高傲的天鹅在浮游。

雪白的奇迹在浮游，
肉身，充满幻想，
在湖湾合成的怀抱摇晃
白桦树浅紫的影子。

小脑袋丝绸般柔软，
大礼袍比雪花更洁白，
它的眼窝闪烁
两颗神奇的紫水晶。

在背脊白色的曲线上
流淌晶亮的光芒，
整个的它，恰似一尊
浪花涌向天空的雕塑。

公园上空有电车的摩擦，
桥梁在车轮下咯吱响，
鹦鹉疯狂地喊叫，
夹紧珠母色的尾巴。

野兽们蹲坐在远处，
被锁定在兽穴的凸出部，
隔着单薄的栅栏，
高挑的鹿群呆望一泓湖水。

俨然是全世界的首都，
我们这个通体光辉的城市，
在小小的公园之上拥挤，
一层又一层地堆积。

有人听到，就在篱墙下，
仿佛在一个童话的世界，
长着翅膀的奇迹伴着竖琴

为我们歌唱春天的幸福。

1948 年

透过列文虎克[①]的魔镜

透过列文虎克的魔镜，
在一滴水的表面，
我们的科学揭示了
神奇的生活痕迹。

死亡与诞生的王国，
永不消亡的链条之一环——
在这个神奇造物的世界，
它多么渺小，不值一提！

对于流星在飞翔的深渊而言，
既无所谓大，也无所谓小，
对于微生物、人类和行星而言，
空间是同样的广阔无垠。

在他们共同的努力下，
北斗星的火焰已经点燃，

① 列文虎克(1632–1723)，荷兰微生物科学家。他原来是一名商人，后来利用自制的显微镜发现了微生物世界(当时被称之为微小动物)。

彗星飞得更加轻盈，
而星座的速度飞得更快。

在并不高大的宇宙一角，
在书房的显微镜玻璃下，
命运那个秘密的意志
正推动着那永不变更的流体。

我在那里嗅到星星的气息，
听到有机物的话语，
以及造物疾速的喧嚣，
对此，我们每人是那么熟悉。

1948 年

港口

接近夜晚。在缓慢塌陷
直到底座的山丘地上，
小镇打着瞌睡，绕着山腰
建起一个蔚蓝的小港湾。

一圈水彩画般的雾霭，
月亮躺在云彩中，
星星隐隐约约地闪烁，
波浪费劲地移动。

伴随拍岸浪从容的冲击，
海船在港湾里摇晃。
突然，发出一声狂啸，
整个海洋在远处震怒。

火光刺穿了天穹，
卷成令人目眩的一团，
巨大的天鹅，白色天才，
电动船出现在港湾。

它在垂直深渊的上空出现，
在平均律的三重和音中，
从窗口慷慨地扔出
音乐风暴的片断。

它因为这风暴而浑身颤抖，
它与大海属于同一个乐谱，
但对建筑充满了向往，
将天线扛在肩膀上。

它是大海中意义的呈现，
那意义包含电与声响，
如同一组意义相同的数字，
蓦然出现在我的面前。

1949 年

古尔祖夫①

在山岩形成的巨大弧形中，
　　睡意蒙胧的古尔祖夫
脱下黑色的鞋子，向下走进
　　海水闪烁的蔚蓝酒杯。
伸向镜面似的牛轭湖的岩礁，
　　在海水中齐膝站立，
在这里，大海托起了天穹歌唱，
　　作为镜子为星星服务——
唯有在此，我明白，相对狭窄的大地，
　　大海所具有的优越性，
听到了海船那缓慢的航行
　　与浩瀚的海面发出的回声。
存在着回声的秘密。或许，往后呢，
　　那秘密依然会令我们不安：
每一颗心都会预感到那个时间，
　　当它沉落到海底的时候。
哦，但愿我可不是作为交换，
　　让远方传送来

① 古尔祖夫：克里米亚地区的一座滨海小城。

帕尔塞福涅[2]的呻吟，塞壬[3]的歌声，

战斗船桨的划动声。

1949 年

② 帕尔塞福涅：古希腊神话传说中的冥后和丰产女神。

③ 塞壬：欧洲传说中的人身鱼尾的海妖，经常用歌声迷惑水手们。

萤火虫

词——就像伴随大路灯的萤火虫，
当你分散飞行，黑暗中几乎不被察觉，
它们处女似的火苗黯淡而微弱，
它们蓬勃的粉粒平淡无奇。

可是，在南方，在春天的索契[1]，你瞧，
夹竹桃隆重地开放、安睡，
萤火虫的海洋在无垠的夜之上空闪耀，
波涛拍击堤岸，在飞行中痛哭。

把整个世界融进唯一的呼吸，
你的脚下，地球正在缓缓离去，
已经不是它们的火焰在念叨着宇宙，
而是远方雷暴的火灾不住地复述。

陌生者的军号和铃鼓的呼吸
在那里缓慢地响起，在高空徘徊。
可怜的词是什么？昆虫的相似物！

---

① 索契：俄罗斯一地名，为著名的避暑胜地。

这个造物依然服从我的支配。

1949 年

老童话

在这个世界，我们的大人物
扮演着含糊不清的角色，
我和你同时在慢慢地老去，
就像童话中的王子一样老去。

黯淡下去，有耐性地发光，
我们的生命已在禁区的边缘，
我们在这里默默地迎接
自己不可回避的命运。

但是，当一绺银白的头发
在你的鬓角处开始闪耀，
我就把笔记本撕碎成两半，
与最后一行诗句告别。

但愿我的灵魂像一泓湖水，
在地下宫殿的大门口泛起清波，
深红的树叶徐徐拂动，
却丝毫不触及水的表面。

1952 年

最后的罂粟花凋谢了

最后的罂粟花凋谢，
白鹤尖叫着飞走，
而大自然在病态的黑暗
也不再像它自己。

四下飘落的簇叶颤动
在空旷和光裸的林荫道上，
为什么你不爱惜自身，
光着脑袋缓步行走？

植物的生命而今已销匿
在树枝这些奇怪的裂口中。
喏，你发生了什么事，
你的灵魂发生了什么事？

你怎能放纵这位美人，
你珍贵无比的灵魂，
让它在尘世间流浪，
最终在遥远的异乡牺牲？

哪怕居家的墙壁不太牢固，
哪怕道路将人引向黑暗——
世上没有一种背叛
比背叛自己更为悲惨。

1952 年

回忆

众多睡眼惺忪的月亮来临……
不知是生命真的已经消逝，
还是它已完成所有工作，
像一个迟到的客人坐在桌前。

想喝一杯——却不喜欢葡萄酒，
想吃点什么——那块肉总滑出嘴旁，
凝神谛听，山楂树窃窃私语，
金翅雀在窗外歌唱。

它歌唱那个遥远的国度，
透过暴风雪，孤独的坟墓
隆起，在那里隐约可见，
在一片白色水晶似的雪地上。

那里，白桦树默不作答，
它的根在冰雪中深陷。
白桦树上空，染血的月亮
在寒冷的大圈中浮现。

1952 年

与朋友们诀别

戴着宽礼帽，穿着长外套，
怀揣写满诗作的笔记本，
很久以前，你已化成灰烬，
如同枝头飞散的丁香。

你置身他国，没有现成的形式，
一切都分散、混合、破裂，
代替天空的——只是一个坟冈，
月亮静止不动的轨道。

那里，无声的虱子们在大合唱，
使用的是另一种含混的语言，
那里，甲壳虫一人手握小小的灯笼，
对着自己的熟人互致敬意。

我的同志们，你们可安好？
过得可轻松？是否将一切遗忘？
如今与你们成为兄弟的是树根，
蚂蚁，草茎，叹息和尘柱。

如今与你们成为姐妹的是花刺，
丁香的奶嘴，碎木屑，小鸡崽……
再没有力量回忆你们的语言，
怀念留剩在地面的那一个兄弟。

他在那个地方还不曾有位置，
在那里你们轻盈地消失如影子，
戴着宽礼帽，穿着长外套，
怀揣写满诗作的笔记本。

1952 年

梦

作为大地的居民，已有五十年，
像所有人一样体验过幸福和不幸，
有一次，我告别这个世界，
无意中进入无声的地方。
那里，人几乎不再
按照最后的习惯生活，
但也不再抱任何希望，
他既没有绰号，也没有诨名。
作为奇怪游戏的参加者，
不曾细察密集的人脸，
我躺在烟雾飞散的篝火上，
坐起来是为了重新躺下。
我漂游而去，到远方流浪，
优柔寡断，漠不关心，沉默不语，
用一只从容不迫的手
推开已经消失的大地之微光。
为了生存，我还拥有了
日常生活的某些余音，
但我整个灵魂已不再期望成为

灵魂，而是世界的一部分。
那里，某些物质的合成
沿着广大的空间向我移动，
桥梁在肉眼不及的高空
悬挂在塌方地的峡谷上空。
我清楚地想起了从旷野中
漂出的所有躯干的外表：
横梁的交织，石板的凸形，
以及原始摆设的粗粝。
那里没有一点精致的痕迹，
形式的艺术在此显然并不受欢迎。
劳动的负担也不太明显，
尽管整个世界都在运动与工作。
在当地政权的运作中，
我本人失去了自由与激情，
却没有看到一丁点暴力，
毫不费劲地做着需要的一切。
我没有任何缘由地不再企及
如何放弃一切欲望和追求，

我已准备好将来去流浪，
倘若这么做是一种恰当的举动。
某个小家伙和我一起去游荡，
喋喋不休地向我唠叨一大堆废话。
而即便是仿佛雾霭一样的他，
也是物质化大于精神化。
我与小男孩走到湖畔，
他向下使劲扔去一根钓鱼竿，
同时，不慌不忙地用手推开了
某种自大地飞来的东西。

1953 年

米斯霍尔[1]的春天

1. 犹大树[2]

正当忍受感冒的痛苦，
圣彼得峰耸立在雪山上，
歪斜的南欧紫荆树
在南方的海岸上开放。
春天就在附近徘徊，
而从山谷之中，显露了
无数浸透毒药的鲜花，
狡诈、痛苦和遗失。

2. 小鸟之歌

纵使山雀的歌曲不被写进
自然的绿色大书——
我们最伟大的行吟诗人
全部出自鸟类的社会。

---

① 米斯霍尔：克里米亚地区的一处疗养胜地。

② 犹大树：又称南欧紫荆树。犹大出卖了耶稣，自己吊死在一棵南欧紫荆树上，故该品种的树又称之为犹大树。

纵使游历在这穷乡僻壤，
同时代人并不理会他们——
为了自己不朽的歌曲，
他们既不要荣誉，也无需金钱。

3. 乌恰—苏[3]

聆听着自己的咆哮，
从不可抵达的高度，
在那颗头颅之上，
悬挂一柱巨大的降水。
飘拂着湿漉漉的清凉，
在它周围，每一丛灌木，
溅满了瀑布的水尘，
数千张嘴露出了笑容。

4. 在海边

你瞧，米斯霍尔的春天，

③ 乌恰—苏：克里米亚地区的一处著名的瀑布。

巨浪碎成银白的飞沫，
大海不知疲倦地劳作，
摧毁了礁石的边角。
时辰来临，在诗人的心中，
摧毁了最后的梦幻，
代替生活留下来的是
波浪这个厄运所致的劳作。

1953 年

肖像

诗人们，热爱人物写生吧！
这是唯一的手段，
将灵魂善变的特征
迁移到白色的亚麻布上。

你可记得，从往事的黑暗，
刚刚被夹进地图册，
斯特罗伊斯卡娅[1]再一次
从罗科托夫[2]的肖像画里凝视我们？

她的眼睛——像两团迷雾，
一半是微笑，一半是哭泣，
她的眼睛——像两则谎言，
被挫折的阴霾所遮蔽。

两个谜语结为一体，
一半喜悦，一半惊恐，

① 斯特罗伊斯卡娅：现存俄罗斯特列季雅画廊的一幅肖像画的女主角。
② 罗科托夫（1735？-1808），俄罗斯画家。

疯狂的温柔之爆发，
濒死的痛苦之预兆。

当无边的黑暗来临，
雷暴逐渐逼近，
她那双美丽的眼睛
闪烁在我灵魂的底层。

1953 年

我被残酷的自然养育而成

我被残酷的自然养育而成，
我满足于在脚下发现
蒲公英毛茸茸的小绒球，
车前子坚硬的锋刃。

普通的植物愈是平常，
在春天时光的黎明，
它最初绽露的叶子
就愈给我生动的刺激。

在甘菊花的国度，在小河
气喘吁吁歌唱的地方，
我多希望能从夜晚躺到清晨，
仰起脑袋望着天穹。

生命像闪亮的河水一般流淌，
流淌，流淌，流过了叶丛，
雾蒙蒙的星星在闪亮，
把光线注入灌木丛。

但愿，在迷人的青草中间，
我能聆听春天的喧嚣，
我依然静静躺着，在沉思中
怀想无垠的田野与密林。

1953 年

诗人

这栋老房子背后一片黑色针叶林，
在它的前面是田野和燕麦。
温柔的天空，银锭似的
白云绽露空前的美。
与浅紫色的云雾相伴，
在雷雨和晴朗之间——
有一只受伤的天鹅翅膀
向某处缓慢地游动。
而在破旧的阳台下，
一个头发灰白的青年，
仿佛一幅肖像嵌进古老的圆饰，
这圆饰是野生的洋菊编成。
他眯缝起歪斜的眼睛，
莫斯科郊外的阳光温暖着他——
俄罗斯的雷暴将他锻造成
心的对话者和一名诗人。
而树林如同黑夜在屋后伫立，
燕麦的穗枝，仿佛失去了理智……
从前完全陌生的一切

这一刻让心感到无比亲近。

1953 年

雨

在云朵废墟的余雾中，
迎接黎明的曙光，
他[1]几乎是非物质的，
并不具有生命的形式。

他是乌云饲养的胚胎，
他兴奋不已，他翻腾着，
突然，快乐而强壮的他
击打琴弦，开始歌唱。

整个密林开始亮闪闪，
挥洒着电闪一般的泪水，
白桦树的每一个骨节
微微摆动着树叶。

在阴郁的天空和大地之间，
伸展着千万条细线，
向下垂挂着脑袋

① 此处的“他”指雨。在俄语中，**дождь**（雨）是阳性名词。

他冲向事件的湍流。

他自远方落下，倾斜着
洒向一片灰色的密林，
而整个大地张开强壮的怀抱，
颤抖着，畅饮这雨水。

1953 年

夜晚的游园会

广场上的建筑闪开一条道路，
槭树的叶子亲吻一颗星星。
此刻是夜晚——大规模的游园会，
欢声笑语，花园里盛大的节日。

可是，当礼花制造师从小树林
向天空抛掷银色的光芒，
诗人，你根本不能相信
夜晚那些幻想的射击。

花炮腾空飞起又消失，
大团的火焰逐渐归于黯淡……
在诗行纯洁的深渊，
永远闪耀的唯有诗人之心。

1953 年

胡狼

在黑海的山麓之间，
在第一道隆起的长冈上，
屹立着一座高大的疗养院，
台阶正在海水里洗澡。

很久以前，上面的天空
低垂，如同像深色的蓝宝石，
很久以前，在瞌睡的世界上空，
圆柱的项链便已沉默。

很久以前，被暑热折磨不堪，
鸣蝉乐队也不再作声，
在寂静与安宁中的人们
很早以前就在疗养院沉睡。

唯有那里，向上，沿着峡谷，
在山间溪旁的灌木丛中，
被子夜的黑暗所笼罩，
火光整宿都不会熄灭。

在整个弧形的港湾中，
它们时而闪现，时而
又贪婪地且胆怯地
闪烁，眨巴着，穿梭来往。

起初怯生生地，微弱地，
然后，越来越明显，
从群山中响起孩子的唧唧声，
传到成人的世界。

天空的穹顶已经充满了
这些哭泣和尖叫。
月亮像一只珠母色的圆盘，
惊恐地望着这片密林。

它看到：在幽暗的草丛后，
一群胡狼坐成了半圆，
一只紧挨另一只，

仰脸怒视着天空。

它们为什么嚎叫和哭泣？
它们咒骂和控诉谁？
让人炫目的一排圆柱
竖立在它们下面的海滩。

那里有一个金灿灿的世界，
那里有它们陌生的生活……
莫非它们以自己的嚎叫
诅咒的并非这些美丽的建筑？

但黑海的月亮逐渐黯淡，
太阳升起在蓝天上，
山麓也与此同时沉默，
用迷雾遮蔽了青草。

野兽在水流的边沿
胆怯地奔向芦苇，

那里，它们的孪生子
正在石罐中严重地发疯。

1954 年

在电影院里

工作之后感到疲惫，
窗外已逐渐变得幽暗，
带着忧虑重重的表情，
你不由自主地来到电影院。

穿棕色燕尾服的高个青年，
如同往常，筋疲力尽，
在舞台上编织某些假话，
以及平庸和无聊的俏皮话。

那时，你看着他的表演，
细细地品味他的俏皮话，
那种忧虑重重的表情
并没有从你的脸上退去。

在低矮而拥挤的播映厅，
你与大家同样观看着银幕，
银幕上，艺术徒然尝试
把谎言捆绑在生活的真理上。

幽灵和平头百姓的命运
不能改变忧愁的表情，
而你几乎无法相互比较
它们与自己的生活。

孤独，头发稍微有点灰白，
但面容显得依然年轻，
你究竟是谁？是怎样的不幸
至今还在折磨你的心灵？

你的朋友，你唯一的亲人，
远方春天的参与者在何方？
是谁用强旺的力量来
充满妻子无所归依的心脏？

为什么他不和你在一起？
莫非他已牺牲在战场？
或者，被残酷的命运所驱赶，

流落到遥远的地方?

无论他身处何方， 在这一瞬间，
在这电影院里，我重又相信：
倘若心中的爱情存在，
人的忍耐就不会有极限。

1954 年

逃往埃及①

天使，我的岁月守护神，
与屋子里的电灯坐在一起。
他庇护着我的住宅，
我躺在其中养病。

因为病痛而虚弱不堪，
远离自己的同志，
我打着瞌睡。幻象
一个接一个来到我面前。

我梦见，我是一个婴儿，
包裹在纤薄的襁褓中，
像一个犹太移民
被送到遥远的他乡。

在希律王的刽子手面前，

① 相传，耶稣出生后，有人来报告希律王，说犹太人的王出生了。希律就萌生了杀了小耶稣的念头。主的使者在梦中显现，向约瑟通报了这一信息。于是，约瑟就带着孩子与母亲逃往埃及。扎博洛茨基的这首诗则包含了托古喻今的意味。

我们瑟瑟发抖。但就此
在带凉台的白色小屋中，
为自己找到栖身之地。

小驴在橄榄树附近传球，
我在沙滩上玩耍。
母亲与约瑟在远处
幸福地忙忙碌碌。

我经常在司芬克斯的影子下
休息，哦，明亮的尼罗河，
仿佛是一架凸面透镜，
倒映出星星的光辉。

在这种朦胧的光亮里，
在这种虹彩似的火焰中，
精灵、天使与孩子
吹着木笛为我歌唱。

但是，当我们的脑海
浮现出一个回家的念头，
犹太国就向我们
呈现了自己的形象。

它的贫穷和仇恨，
偏执性，奴隶的恐惧，
群山中十字架受难者的
影子落进了贫民窟——

我大叫一声，苏醒过来……
在靠近炉火的电灯下，
你天使的目光在闪亮，
全神贯注地看着我。

1955 年

1. 在雨中

我的雨伞腾飞，如同一只小鸟，
向上拱起，嘎吱作响。
湿漉漉的雨屋在世界上空
喧哗，水雾缭绕。
我站立在笔直、冰凉的躯体
相互的缠绕中，
雨滴仿佛要在那一刻
与我融为一体。

2. 秋天的早晨

恋人们的絮语猝然中断，
最后的椋鸟飞向远方。
整天，深红的心脏之剪影
从槭树上洒落下来。
秋天，你对我们做了什么呀！
大地在美丽的金色中凝固。

悲伤的火苗在脚下打着呼哨，
拂动一大丛簇叶。

3. 最后的美人蕉

闪亮和歌唱的一切事物
都隐没进秋天的树林，
天空用最后的暖意
慢慢地轻拂身体。
迷雾缠绕着树木，
花园中的喷泉不再作声。
一丛美人蕉怒放，
引起众人的注目。
雏鹰就这样展开翅膀，
站在礁石的梯阶上，
出自雾霭的一点火星
颤动在它的尖喙上。

1955 年

当冬天第一次来临的时候

当冬天第一次来临的时候，
我们徘徊在开阔的涅瓦河上，
把夏天闪烁的光亮
比作河畔散落的一片片树叶。

但我是那些老白杨的爱好者，
在冬天的风暴第一次降临之前，
它们竭力不愿从树枝上
脱掉自己那一件枯锈的铠甲。

怎能描述我们之间的相同呢?
我呢，就像白杨，不再年轻，
我多么需要穿上盔甲去迎接
冬天的降临，迎接致命的寒冷。

1955 年

论人脸的美

有一些脸就像豪华的大门，
门内仿佛到处是伟大蕴藏于渺小。
有一些脸——就像破旧的小屋，
屋里有肝脏在烘烤，皱胃在浸泡。
另外有一些冰凉、死寂的脸
被栅栏遮挡，仿佛是监狱。
还有一些脸——就像塔楼，很久
已无人居住，也无人张望窗外。
可是，我曾经熟悉一间小茅舍，
它的外表简陋，非常寒碜，
但从它的小窗里，却向我
流淌出一声春天的叹息。
世界真是伟大又奇妙！
有一些脸——就像欢快的歌曲。
这些闪耀如阳光的旋律
编配成一支巍峨天空的颂歌。

1955 年

不漂亮的小姑娘

在一群玩耍的孩子中间，
她让人觉得像一只青蛙。
窄小的衬衣塞进裤衩，
披散一团棕色的卷发，
大嘴巴，牙齿歪斜，
面部线条尖硬，不漂亮。
两个小男孩，跟她同岁，
父亲给他们买了一辆自行车。
小男孩今天不着急去吃午饭，
在院子里追逐，忘了这回事，
她也紧紧跟在他们身后。
把别人的快乐当成自己的，
难过一阵，便又兴高采烈，
小姑娘雀跃着，开心地笑，
尽情品味生活的幸福。

这个生命还不曾知道
嫉妒的阴影，不知道坏心眼。
世间一切她都觉得新奇，
他人觉得死，她却以为生！

目睹这场景，我可不希望
有那么一天，她会痛哭失声，
恐惧地发现，在一大群女伴中，
她完全是一个可怜的傻瓜！
我宁愿相信，心不是玩具，
不会轻易就被折断！
我宁愿相信，在她内心深处
燃烧的这一团纯洁的火焰，
可以焚毁她所有的痛苦，
点燃最沉重的石头！
尽管她的模样不好看，
容貌不能激发什么想像力——
但她的每一个动作
显露着灵魂年轻的优雅。
既然如此，美又是什么？
人们为什么把它奉若神明？
美是空洞的容器，
还是容器中闪耀的火焰？

1955 年

年迈的女演员

在后古典风格的金色房间里，
沙发椅被一根根细绳捆绑，
莫斯科被遗忘的戏剧偶像，
我们的女皇再一次复活。

她穿着布衣像红顶金翅雀，
身体弯曲，低到了极致。
而上帝知道，她多么出色，
拥有的是怎样的才艺！

这个女人曾经年轻而苗条，
有着绝尘脱俗的容貌，
她的美丽可以夺人魂魄，
闪烁意大利式奔放的热情。

如今她的小屋变成了博物馆，
里面摆满了她以往的荣誉，
有时，老太太用她任性的脾气
让自己的朋友感到惊讶。

她赢得的奖章和称号真不少，
可她总执著于一个希望，
她的美能永远在这间屋子
闪耀，如同过往那样。

这儿有油画、肖像、相册和花环，
这儿有南方植物的呼吸，
它们不顾时光的流逝，
为后代保留着她的形象。

无所谓，哦无所谓，在偏远的角落，
在低矮而幽暗的地下室，
一个无家可归的女孩睡在地板上，
穿着一身褴褛的衣服。

这位姨妈演员出于慈悲，
为她提供了一个住所。
她就要将门前的地毯拍打干净，

清除这豪宅的灰土与霉层。

当年迈的姨妈对她加以呵斥，
算计着将那些钱币收藏——
哦，这孩子是怎样惊奇地
看着这一幅幅美妙的景象！

难道小姑娘最终能够明白，
艺术不可理喻的力量，
曾经征服了我们的情感，
却如何能够承载那样的心灵！

1956 年

在马加丹[1]附近田野的某处

在马加丹附近田野的某处，
在危险和灾难之中，
在冻雾的蒸汽中，
他们跟着无座雪橇行走。
这里唯有值班的民警
和城市的巡逻队员
才可以防范士兵镀锡的喉咙，
防范强盗的结伙抢劫。
他们就这样穿着短大衣行走，
两个不幸的俄罗斯老人，
惦记着故乡的小屋，
在远方为它们感到痛苦。
他们整个灵魂在远方
为亲朋好友而燃成灰烬。
这个夜晚，让身体变得佝偻的
倦怠在煎熬他们的灵魂。
有着自然形象的生命
在他们头顶列队向前移动。

① 马加丹：俄罗斯一城市名。

只是作为自由之象征的星星
也不再向下俯瞰人们。
宇宙奇妙的神秘剧
正在北方星辰的剧院上演，
而它明察秋毫的火焰
还不曾触及人们。
暴风雪在人们中间呼啸，
覆盖被冻结的大麻。
冻僵的老人坐了下来，
相互谁也不瞅谁一眼。
马匹停步，工作结束，
死亡的事业已完成……
甜蜜的睡意拥抱他们，
在遥远他乡，痛哭着引导他们。
警备队不再追踪他们，
集中营的押送队也不再撵赶，
只有马加丹的群星
伫立在头顶，开始闪耀。

1956 年

火星冲①

仿佛一头着火的野兽，
你看着我的地球，
但我根本不相信你，
不愿意唱赞美诗。
凶险的星星！在我的国家
悲惨时日的黑暗中，
你在天空划出了
痛苦、鲜血与战争的标志。
当你在村镇的屋顶上空
睁开惺忪的眼睛，
意图怎样的痛苦呵，
总是控制着我们！
它近在咫尺——凶险的梦：
战争斜挎着武器
在村镇里点燃房屋和物品，
把一家家驱赶进森林。

①“火星冲”是指太阳、地球和火星排成一条直线，约每两年两个月发生一次。由于太阳的光线会直接射向火星然后反射回地球，因此在地球观看火星的时候会特别明亮。另外，在俄语中，Марс(火星)同时也是战神的意思。

出现战争和雷鸣，降雨和泥泞，
流浪与离别的悲伤，
由于这些不可忍受的痛苦，
心已不再能哭泣。
在这没有生命的荒原之上，
晚间，浴血的火星
抬起睫毛，从深邃的蓝天
仔细地俯瞰我们。
凶险意识的影子
扭曲了朦胧的形貌，
仿佛有一种野兽般的精灵
从高空望着大地。
那精神在火星人的城市中间
为我们所未知的法庭
建造了人工的水道，
还有玻璃形态的客运站。
精神充满了理智与自由，
却丧失了心与灵魂，
谁不再为别人而痛苦，

谁就觉得一切方式都不错。
但是，我知道，这个世界上
还有一颗小小的星球，
另有一些部落在其中
生活了一个又一个世纪。
那里有痛苦与悲伤，
那里还有激情的养料，
可是，人们在那里
不会丢失自然的灵魂。
那里，世界金色的波浪
穿越生存的晦暗，
这一个小小的星球——
就是我那不幸的地球。

1956 年

春天叙事诗

你随身携带一把小提琴，
伴随着木笛歌唱，
将它背挎在肩膀上，
穿越四月蔚蓝的田野。
你搧了悲观主义者一巴掌，
把屋里的窗子完全打开，
你抓住树荫下一个老头，
沿着大道开始跳舞。
被你的美貌所惊呆，
守财奴拖着一小捆纸币，
它们全部变成了
太阳底下闪光的金合欢树叶。
显宦，达官，神父，
细木工，油漆工，玻璃吹制工，
快乐地张开了尖喙。
甚至那些常坐安乐椅的人，
他们身居要职和荣誉中，
据说，也绽露出笑容，
顷刻变得非常幸福。

这是你，春天疯女人！
我会识破你的阴谋，女骗子！
我早已透过窗口看到
你的笑容，还有你的伎俩。
金龟子流浪歌手跳跃在田野上，
蝴蝶徐徐飘飞，穿着芭蕾舞鞋。
摊开在每一本书上，四月
将矢车菊挂在穗带上。
它大概也知道，田野和森林——
是我每天关心的主题，
而春天，天空的疯女人——
是我的女友，我的叙事诗。

1956 年

北方的歌曲并不需要南方：
它们诞生于雾霭和风暴，
重复着落叶松的晃动。
他们是这个地球上的异乡客，
在这个被鲜花覆盖的礁石上，
在南方大海的闪耀中。

公鸡整夜在古尔祖夫打鸣。
这里，街道——是走廊的风格。
这里，为黑海修理头发的理发师
在睡觉，一个爱喝鱼汤的人。
在石头台阶上画上一列火车，
这里，清晨公共汽车无休止地鸣响，
拽着来自雅尔塔的凑热闹者。
这里，一群群不怀好意的疗养者
随身带着大馅饼的香味，
让你感觉仿佛掉进了小酒馆。

在海上尽情漂流之后，一大群青年

与外来的塞壬一起在流浪。
海神尼普顿栽培的后生与她一起享乐，
摆弄一把非凡绝伦的吉他。
这里有两块没入海水的礁石，
那是普林尼[1]所向往的礁石，
从海水中伸出被截断的
石线那些钝角。

而夜晚，如同位居乌云宝座上的女王，
晃动探照灯缓慢的光线，
大海喧嚣直到黎明，
聆听公鸡如何在打鸣，
诗歌在下面的小门聚集——
它们是南方之夏的见证者。
无畏地聚集在一起，把自己的鼻子
探进玫瑰初绽的高水罐，
啜饮它们的气息，而奇怪的是，

① 盖乌斯·普林尼·塞孔都斯(公元 23 或 24–79):又称老普林尼，古罗马百科全书式的作家，以其所著《博物志》一书著称。

躺在北方某处的诗歌，突然
飞向了烈火燃烧的南方——
冰冷的雾霭之子。

1956 年

在大海之上

唯有百里香的芬芳，干燥而苦涩，
轻拂着我——这就是梦幻的克里米亚，
这一棵柏树，这一栋房子，紧贴
山的顶峰，与它融合在一起。

这里，大海是指挥，而远方是共振器，
高扬的波浪音乐会在前方清晰可见。
这里，触及礁石的音响滑过垂直线，
而回声就在石岩中间舞蹈与歌唱。

声学在顶部安放了声音回收器，
使水流遥远的絮语贴近耳朵。
风暴的轰鸣变成大炮的怒吼声，
处女之吻如同一朵小花开放。

黎明时分，一大群山雀在此啼啭，
这里，沉甸甸的葡萄园鲜红而透明。
时间在这里放慢了脚步，孩子们
在静止的礁石下采摘百里香和青草。

1956 年

童年

一对大得如同洋娃娃的眼睛，
睁得溜圆。在浓密的睫毛之下，
年轻的眸子亮晶晶地扑闪
圆润而明亮，令人信赖的坦诚。
她在看着什么？主人正忙忙碌碌，
哼着歌儿捆绑、切割着什么，
这农屋，这花园，这俯向灌木丛的
篱笆墙，因何而不同寻常？
两只瘦公鸡在栅栏上打斗，
扎人的葎草沿着台阶的小柱攀爬。
小姑娘在凝视。这纯洁的目光
尽情反映着整个的世界。
这个神奇的世界，第一次真正
迷住了她，仿佛奇迹中的奇迹，
这农屋、花园与森林，如同有生命的
旅伴，走进了她的灵魂深处。
许多年过去。心脏病的疼痛和幸福
都会向她降临。无论作为妻子还是母亲，
甚至直到白发苍苍的时候，她依然会

追忆这短暂的片刻那幸福的含义。

1957 年

森林护卫室

森林中传来嘎吱响与呼啸声，
惊雷如同大锤击打远方，
乌云在天空中涌动，但主宰
地面的是寂静、幽暗与寒冷。
在松干围成的巨型深井中，
在自己孤独而简陋的护卫室里，
守林人用罢午餐，把面包碎屑
拢在掌心，沉默而严肃。
伟大的风暴巡行在世界上空，
但这里，在寂静中，在树根旁，
老人在休息，对此毫不在乎，
对着远电的每一次闪现，
唯有狗儿沮丧地唔唔直叫，
在巢穴中的鸟群也不再作声。

有一次，雷雨大作，挤压着屋门，
出现了一头毛茸茸的大兽，
它也像其他的野兽一样，
见到人类以后，马上向后躲闪。

护林人拿起别丹式步枪，母猫
像弹簧似的顺着楼梯窜出了小窗，
与此同时，步枪短促的叩击
震动了松树林的根基。
回到屋内，守林人马上归于平静：
他看起来大概已经相当衰迈，
他知道，安宁——不过是安宁的幻影，
他知道，当雷电闪烁的时候，
所有的猛兽，都居心叵测地
站立着，眼睛盯视着人。

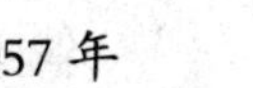

1957 年

养禽场

多重面孔的养禽场，
在翻滚、啁啾和嘟哝。
时而是雄鸡突然打鸣，
时而是火鸡的尖声合唱。

在这肆无忌惮的喧哗中，
在小鸡的唧唧啼叫中，
老母鸡用肥大的脚掌
重重地翻动泥土。

忽左忽右地摇摆，
斜穿过这个养禽场，
鸭子用红色的脚蹼
拨动地上的沙粒。

但愿我是那样一只飞鸟，
充满热情，全身颤动，
疾速盘旋着冲向天空，
可以躲过那些锋利的刀锋。

它们并不相信奇迹，
总是在寻觅食物，
疯狂地等待，直到
某天丢掉了脑袋。

永远的喧哗，永远的跺脚声，
永远蠢笨、凝重的状态。
显然，生活的经验
没有告诉它们任何东西。

按照人们的心愿，
它们的心脏温柔地跳动，
而在灵魂深处，自由的
天鹅之鸣永不屈服。

1957 年

奥卡河[1]上的黄昏

俄罗斯风景的魅力
有真正的快乐，但它
不对每个人开启，甚至
也不向每一个画家呈现。
从清晨开始，大自然
背负着各种工作、
森林的劳动、田野的忧虑，
仿佛不乐意地望着
我们，这无趣的人群。
只有在幽暗的密林背后，
黄昏的光秘密地闪烁，
日常性密实的帷幕
顷刻从它的美中凋落。
探入水中的森林一声长叹，
仿佛穿过透明的玻璃，
河的整个胸膛紧贴天穹
发出湿润而耀眼的光芒。
火焰自云彩世界的白塔

① 奥卡河：俄罗斯西部的一条河流，是伏尔加河右岸最大的支流。

落下，而在温柔的火焰中，
仿佛在珠宝匠的手底，
透明的影子躺进了深处。
在四周摆放的事物
细节越是清晰，远方
河畔草地、牛轭湖、小河湾
就越是显得辽阔无边。
整个世界发光，透明而芬芳，
如今，它展露真正的美，
在它鲜活的面貌中，你欣喜地
发现许多神奇的现象。

1957 年

1. 飞廉[①]

从野外采回一束飞廉，
将它们摆在桌上，于是，
我面前便出现火灾、混乱，
深红之火的轮环舞。
这些带有尖角的星星，
这些北方霞光的飞溅，
像小铃铛似的响起，呻吟，
自内向外像路灯般迸发。
这同样是宇宙的形象，
由光线缠结而成的物体，
永不终结的战斗之爆发，
利剑高举的闪闪光亮。
这是狂暴与荣誉的塔楼，
那里，梭镖紧贴梭镖，
一簇鲜花，顶端血红，
直接刺入我的心脏。

---

① 飞廉：一种植物名。

我梦见一座高大的监狱，
和如同夜一般漆黑的栅栏，
栅栏背后——童话中的小鸟，
它曾经帮助过什么人。
但是，我显然活得很糟糕，
因为我没有力量帮助它。
在我和我的快乐之间
耸立一堵长满飞廉的墙壁。
楔形的尖刺扎进
我的胸膛，已经是最后一次，
她永远闪烁的眼睛
向我投来悲伤而美丽的目光。

1956 年

2. 大海的散步

坐在不住闪烁的白色飞艇上，
我们顺便驶向石质的岩洞，

悬崖用翻转的身体
把天空挡在我们视线以外。
这里，在闪光的地下大厅里，
在水质透明的环礁湖上，
我们自己也变得十分透明，
如同细薄云母塑成的人像。
在一只巨大的水晶杯中，
我们朦胧的倒影
眨动数百万只眼睛，
惊奇地看着我们。
仿佛突然从漩涡中飞出，
一群有着鱼尾的姑娘
有如男人的蟹爪，
把我们的飞艇团团围住。
在大海伟大的衣衫下，
模仿着人们的活动，
欢呼与痛苦的整个世界
按照神奇的模式生活。
那里，有什么在迸发，翻腾，

然后融合，再一次迸发，
翻转的悬崖之身体
在我们之上穿过。
但驾驶员踩紧了油门，
仿佛在梦中，我们再一次
飞离了悲伤的世界，
来到高而轻盈的波浪上。
太阳在天顶上熊熊燃烧，
飞沫淹没悬崖的尾部，
塔夫里达[2]从海底升起来，
逐渐靠近你的脸庞。

1956 年

3. 表白

你被吻个够，你中了魔法，
你曾经与风在田野举行婚礼，

② 塔夫里达：是克里米亚半岛的古称。

你仿佛全身戴上了镣铐，
我珍贵无比的女人！

你不快乐，你也不悲伤，
仿佛来自黑黢黢的天空，
你也是我订婚的甜歌，
我的一颗疯狂的星星。

我跪倒在你的脚下，
用狂暴的力量拥抱你的双膝，
用我的泪水和我的诗歌
点燃你，可怜、可亲的人。

请为我打开子夜的脸，
让我进入这一对沉重的眸子，
进入这东方的黑眉毛，
进入你半裸的双手。

增添的东西不再会减少，

不能实现的事物将被忘却……
美人，你为什么要哭泣？
难道这仅仅是我的幻觉？

1957 年

4. 最后的爱情

小车震动一下，开动，
两人一起来到黄昏的旷野，
被工作折磨不堪的司机
疲倦地伏在方向盘上。
透过座舱的玻璃，远处
火焰的星座若隐若现，
在花坛旁，上年纪的乘客
与自己的女友一起滞留。
驾驶员透过惺忪的眼睑，
突然发现两张奇怪的面孔，
它们永远相互面对，

彻底忘掉了自己。
从中出现了两个朦胧、
轻盈的世界，周围
过去时光的美
以成百只手臂拥抱他们。
有几枝火红的美人蕉，
仿佛盛满红酒的玻璃杯，
一把灰色的耧斗菜，
金色花冠上的洋甘菊。
在对痛苦不可避免的预感中，
在对秋天时光的等待中，
短暂的欢乐之海洋
在那一刻环绕着恋人们。
他们相互弯下身子，
夜晚流离失所的孩子，
沿着鲜花的圆环默默地走，
在电灯光的反射中。
而小车在黑暗中停住，
马达重重地颤动，

司机疲倦地微笑，
斜靠在座舱的玻璃上。
他非常清楚，夏天即将结束，
阴雨的时日就要来临，
他们的歌曲早已终了——
幸亏，他们并不知道。

1957 年

5. 电话里的嗓音

以前它非常响亮，像一只小鸟，
如同一泓泉水，流畅而嘹亮，
仿佛全身在光亮的闪烁中，
希望沿着铁的电话线流出来。

然后，仿佛遥远的失声痛哭，
仿佛与灵魂的快乐诀别，
它开始响起，充满了悔恨，

在看不见的密林深处消失。

它迷失在某个蛮荒的旷野，
被无情的风暴带走……
我的灵魂由于疼痛而呼叫，
我黑色的电话却沉默不语。

1957 年

6. 无题

你发誓——进入坟墓之前
都是我最亲爱的。
醒悟过来，我们俩
都变得更加聪明。

醒悟过来，我们俩
突然都明白，
进入坟墓之前，都不会

有幸福，我的朋友。

天鹅摆动
在水的火焰中。
但要知道，它
正朝着陆地漂游。

水再一次
孤独地闪烁，
夜的星星
用一只眼睛看着它。

1957 年

7. 无题

在人行道中间，
我发现脚下
有一朵垂死的小花，

彩色的花瓣。
它躺着，纹丝不动，
在昼光白色的昏暗中，
就像你的影像
在我的灵魂之中。

1957 年

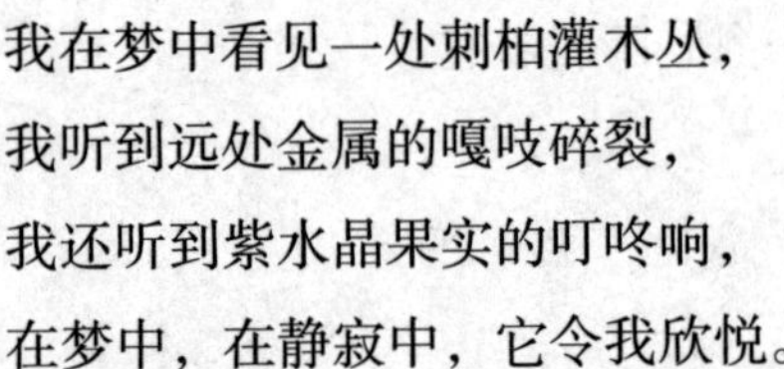

8. 刺柏灌木丛

我在梦中看见一处刺柏灌木丛，
我听到远处金属的嘎吱碎裂，
我还听到紫水晶果实的叮咚响，
在梦中，在静寂中，它令我欣悦。

我透过梦幻嗅到松脂淡淡的芬芳。
给这些不高的树干压条之后，
在茂密的树枝拢成的幽暗中，
我发现了你的笑容活生生的相似物。

刺柏灌木丛啊，刺柏灌木丛，
变化无常的嘴唇逐渐变凉的簌簌声，
仿佛松脂溢出的轻微的簌簌声，
将我刺穿的那根致命松针的簌簌声。

在我窗外的金色天空中，
云彩一朵接一朵地漂浮过去，
我环飞的小花园没有了生命，空荡荡……
刺柏灌木丛啊，上帝会将你宽恕！

1957 年

9. 相会

有着专注眼睛的脸，
困难地、费力地
仿佛一扇生锈的门
慢慢打开——露出了笑容……

——列·托尔斯泰《战争与和平》

仿佛一扇生锈的门缓慢地打开，
困难地，费力地，——忘掉曾经的一切。
她，我意想不到的人儿，而今
把自己的容颜对我敞开。
倾泻光亮——不是光亮，而是整个一股
强光，——不是一股，而是一大堆
春天和喜悦，而永恒的厌世者，
我窘迫不堪……而在我们的谈话中，
在微笑中，在赞叹声中——但是，不，
完全不是这些，但似乎在那里，在它们背后，
如今永不熄灭的光在发亮，
控制着我的思想。
打开窗户，我们望着花园，
仿佛一道缤纷多彩的小瀑布，
不计其数的飞蛾因为一时糊涂，
争先恐后地扑向闪亮的灯罩。
它们中间的一只停在我的肩膀上，

它不住地抖动，粉红而透明，
再也不存在我的问题了，
而且也不存在它们的——问题。

1957 年

10. 老年

普通，安静，头发花白，
他拄着拐杖，她拿着雨伞——
他们向上望着金色的
树叶，一直散步到天黑。

他们的交谈已无须太多词汇，
目光一瞥就无词而神会，
但他们的灵魂却明朗而平和地
交流了很多很多人事。

在生存之不清晰的雾霾中，

他们的命运平淡无奇，
痛苦之赋予生气的光明
在他们头顶缓缓地燃起。

疲惫不堪，像残疾人一样，
在自己的软弱之压迫下，
他们鲜活的灵魂融合，
永远合成了世间的唯一。

知识的极少一部分
在岁月的斜坡[3]向他们敞开，
我们的幸福——不过是一道闪电，
不过是来自远方的一抹微光。

它如此稀少地向我们闪现，
却需要付出如此繁重的劳动！
它是如此疾速地熄灭，
并且永远就消失！

③ 意指老年。

不论你在掌心如何爱抚它，
不论你如何将它紧贴胸膛——
霞光之子，都会骑着光明之马
倏忽飞向遥远的地方！

普通，安静，头发花白，
他拄着拐杖，她拿着雨伞——
他们向上望着金色的
树叶，一直散步到天黑。

如今，他们或许已非常轻松，
如今，恐怖的一切已过去，
只有他们的灵魂，像两根蜡烛，
温暖地流淌最后的烛液。

1956 年

奥德修斯[①]与塞壬

有一次，那是雅典的清晨，
与自己整个豪勇的军队一起，
匆忙登上一艘衰朽的战舰，
奥德修斯回返自己的祖国。
爱琴海发出喧嚣的声响，
狡猾的巨浪腾起阵阵水雾。
漂泊者用羽毛作为装饰，
躺在船尾打起了瞌睡。
突然，透过幻想的烟雾，
他面前出现了一座小岛，
那里有三个调皮的造物
在脚边尽情地舞蹈和歌唱。
伴随音调和谐的轰鸣，
她们倒映在海水上。
贪欲的影子在希腊人心中
闪现，在他的胡须中。
要知道，软弱是人类的亲属，

① 奥德修斯:古希腊神话传说中的英雄。在特洛伊战争中,他献木马计攻破特洛伊城。在回国途中,奥德修斯因得罪海神波塞冬而屡受挫折与磨难,历经十年方才回到祖国。

爱情——是永恒的疾病，
而对这个古希腊人来说，
妻子占据了他的全部。
第一个塞壬如是歌唱：
“亲爱的奥德修斯先生，来吧！
我矢志不移的爱情
肯定能疗治您的创伤！”
第二个许诺巨大的财富：
“来吧，航海者，到我这儿来！
在绿宝石建造的水底宫殿里，
我们将感到无尚幸福！”
第三个则许诺迷醉的快意，
举起盛满美酒的高脚杯：
“畅饮吧——你将在神奇的
梦幻之怀抱中痊愈！”
但伊大卡的居民皱起眉头，
他不听取美女的表白，
他也不相信甜蜜的胡扯，
只是沉溺于自己的幻想。

他的双眼远眺那一片海岸，
在大理石砌造的壁龛中，
他的贤妻帕涅罗佩[2]
正坐在纺车前放声痛哭。

1957年

② 帕涅罗佩：奥德修斯的妻子，在他出征期间，用计拒绝了众多追求者的骚扰。为忠贞的象征。

这发生在很久以前

这发生在很久以前。
一个因饥饿而消瘦的恶人，
他走出了墓门，
围着墓地在徘徊。
突然在新立的十字架下，
从低矮而潮湿的墓中，
某个隐身人，发现了他，
并且叫住了他。

一个头发灰白的农妇，
扎着破旧的头巾，
从地底冒出来，
沉默、忧伤，驼背，
为亡魂作着祷告，
皱巴巴的黑手
划着十字，递给他
两片面饼和一个鸡蛋。

仿佛一个惊雷

击打他的灵魂，顷刻
上百支铜号奏响，
繁星从天空滚落。
他感到惊惶而可怜，
双眼闪现痛苦的光，
他接受了赠品，
吃掉祭奠的面包。

这发生在很久以前。
而今，他已是著名诗人，
尽管还不曾人见人爱，
也不被所有人理解——
在这首高尚、纯洁的诗中，
在忧郁的叙事诗中，
他多么希望能再度
在过去岁月陶醉地生活。

一个头发灰白的农妇，
就像年迈、仁慈的母亲，

拥抱了他……
在书房，他扔下笔，
独自一人徘徊，
尝试用自己的心
去领会只有老人与孩子
才能领会的一切。

1957 年

卡兹别克山[①]

下工后，我与赫夫苏尔人[②]
躺在一起，透过梦幻我听到，
有人在睡意蒙眬中
推开冲着阳台的一扇窗子。

我醒来。朝霞显露，
被冰雪封盖的卡兹别克山，
在窗口燃烧起来，
闪耀着晶莹的双头残片。

我出门，走向铁的空气。
远处，在高山的脚下，
迷蒙的深谷冒起了烟雾，
露出蜂窝似的石窟。

一群短命而轻盈的影子

---

① 卡兹别克山：是一座处于格鲁吉亚和北奥塞梯边界的睡火山，属于高加索地区的主要高山之一，海拔高度5,033米，是格鲁吉亚的第三大高山和高加索山脉第七大高山，冰川面积135平方公里。

② 赫夫苏尔人:格鲁吉亚人的一支。

飞出香炉似的山峰，
在空气中旋舞，
在石头世界之上消散。

大地开始不住祷告，
为那个闪光的主宰者。
但在这些手提香炉的喘息中，
他让我感到陌生和仇视。

而这个可怜的村庄，
大群的房屋与小茅舍，
在这一瞬间，我仿佛觉得
被理智所精心建设。

在冰凉的卡兹别克山麓，
人类充满活力的灵魂
承担着世俗的事务，
在痛苦、呼吸和生活。

而他，远离了耕地，
在凌驾世界之上的高处，
只会令人有不由自主的恐惧，
以及双倍的危险。

在下面，难怪唯有赫夫苏尔人
才会从自己的村落向外
疑惑与沮丧地一瞥，看着
他那死亡的边界。

1957 年

孤独的橡树

糟糕的土壤：这棵橡树
骨节粗大，在它的树枝中
也没什么辉煌。它的衣衫
褴褛，发出低沉的窸窣。

但他依然努力拆解
死命缠绕的关节，你击打一下——
它像铃铛似地引吭高歌，
琥珀从树桩上渗出。

你瞧它一眼：它威严而平静，
在这片没有生命的平原。
谁说它不是田野上的斗士？
它是田野的斗士，甚至是唯一的。

1957 年

洗衣

在远离公路的一个角落，
在农舍和椴树构成的小城，
多么美好：站在大门旁，
听着水井的嘎吱声。
这里，在雄鸽与母鸽之间，
在粮仓和垃圾堆中间，
数千条裙子、运动裤、衬衫
与包脚布正在迎风招展。
从汗漉漉的身体脱下，
这些家织粗麻布得到休息，
俄罗斯衣装的五彩缤纷
悬挂在蒙古的枷锁上。
人类凸显的身体
在它们上面留下明显的痕迹，
重复着生活中的无序，
譬如：是谁，如何，是躺还是坐。
今天我置身于洗衣女工协会，
她们是本地丈夫们的行善者。
这些人不会欺负倒地的弱者，

也不会掐着脖子驱赶饥饿的乞丐。
过度劳累磨出古老的趼子，
在肮脏的洗衣水中泛起白色，
这里，人们并不寻思好客的慷慨，
但也不把他人往灾难里抛扔。
谁要是把惶恐不安的灵魂
彻底洗净，再一次走出洗衣盆，
像阿佛洛狄忒[1]那样
登上陆地，谁就会拥有幸福！

1957 年

① 阿佛洛狄忒：古希腊神话中爱与美的女神，传说她诞生于大海的泡沫之上。

夏日黄昏

黄昏时分令人倦怠而甜蜜。
一群大腹便便的母牛，
在小小的放牛娃押送下，
沿着河岸从远处走来。
河流在悬崖下涌动，
外表依然那么富于魅力，
天空在幸福的结合中，
拥抱她，欢呼和激动。
以云彩所雕刻的玫瑰
盘卷着兴奋起来，突然，
改变了轮廓和姿势，
朝着西方和南方疾驰而去。
被它们吻够的液体，
就像黄昏半梦中的姑娘，
为自己的波浪微微晃动，
但还不到彻底兴奋的程度。
她似乎还有点气恼，
无力地在躲避，但是，
预感正在透过睡梦向她

画出八月光景的喜悦与火焰。

1957 年

九月

阵雨大量地向下抛撒水滴，
狂风疾吹，远方不再清晰。
树叶银白的背面
遮住了蓬乱的白杨。

但你看：透过云彩的窟窿，
仿佛透过大理石砌造的拱顶，
第一道光线勉力飞进
这个雾霭与阴霾的王国。

这意味着，远方并非永远
被云彩遮掩，也意味着，
仿佛一名姑娘，榛树并非徒然
炽燃，在九月的末尾闪烁。

而今，写生画家，请抓起一支
又一支画笔，在金色的画布上，
像火焰一样，请用石榴的红色
为我描绘这位美丽的姑娘。

请像描绘一棵小树似地，描画
一位头戴花冠的犹豫的公主，
她哭泣的年轻面庞上，
有一丝不安地滑过的笑容。

1957 年

谁在密林深处给我一个应答

谁在密林深处给我一个应答？
是古老的橡树在与松树低语，
还是山楂树在远方嘎吱响，
或者是金翅雀吹起陶笛，
或者是红胸鸲，这个小朋友
在黄昏突然给我一个回音？

谁在密林深处给我一个应答？
是你吗？你在春天
再度回忆我们消逝的岁月，
我们的忧愁和我们的苦恼，
我们在遥远他乡的流浪——
那灼痛我的灵魂的你？

谁在密林深处给我一个应答？
无论晨昏，无论寒暑，
我总是听到蒙眬的回响，
仿佛无边爱情的一声叹息，
为这爱情，我战栗的诗行

脱离我的掌心，扑向你……

1957 年

倘若我厌倦了生活

倘若我厌倦了生活，躺下
如一具静止的僵尸——
人们普通而粗陋的欲望
就再也不能将我控制。

倘若我仅仅是一把黏土，
我就变成一只陶罐，
在姑娘的谷地，人们
可以用它来汲取甘泉。

在它们中间，倘若我
只是粒子偶然的结合，
就可以聆听人们的秘密
春天小鸟的啁啾应和。

但那时，倘若还想我歌唱
有罪的生活，在梦中把它呼唤，
那么，我就是独自一人
置身地狱似的黑暗。

1957 年

在许多认知中

许多认知，有一种不小的悲哀，
传道书的作者如是说。
我并非智者，但为什么经常
去可怜整个世界，可怜人？

大自然希望生存，所以
它给小鸟喂养数百万粒种子，
可数百万只小鸟未必
有一只能够飞向星辰和启明星。

宇宙喧闹着祈求美，
大海吼叫，溅起波浪，
可在大地的山冈，在宇宙的墓地，
唯有被选中[1]的鲜花开放。

我难道只是我？我不过是另外的
存在之短暂的瞬间。公正的上帝啊，
你为什么创造了可爱而血腥的世界，

① 俄语“被选中”一词同时还有“出色、优秀”的意思。

还要给我智慧去领悟这个世界！

1957 年

绿光

蓝色的大海在闪烁，
均匀地镶上一个金框，
白头发的城市在打盹，
倒映在一片蔚蓝中。

一绺绺白云的发卷
相互缠绕，建成这城市，
就在那里，太阳顷刻
从海水中闪现红光。

我即将出发上路，
去向这些遥远的地方，
我要找到一条道路，
通向白发的宫殿。

我要打开云彩的高楼
每一扇大门，
有人向我投掷绿色的光线，
像一只移动的眼睛。

光线如同一块绿宝石，
金色幸福的钥匙——
我一定可以得到它，
我那绿色的微光。

可是，塔楼在远方塌落，
五角形的稜堡闪烁白光，
绿色的光线正在消逝，
远离我们的大地。

唯有精神年轻的人，
而且肉体贪婪又强壮，
才可以闪进白发的城市，
获取那一缕绿光。

1958 年

小城

洗衣妇整天都在涮洗，
丈夫出门喝伏特加。
小狗坐在台阶上，
抖动短小的胡须。

整天她都睁大
一对聪明的眼睛，
倘若有人在家痛哭——
她就在一旁哀嚎起来。

在塔鲁萨[①]这座城市，
今天有谁在哭泣？
在塔鲁萨如果有人在哭泣，
多半就是小姑娘玛露霞。

玛露霞十分讨厌
那些个公鸡与肥鹅。
可在塔鲁萨却数不胜数，

① 塔鲁萨:俄罗斯的城市名,位于奥卡河的左岸。

上帝啊，这多么可怕。

“如果我拥有那些羽毛，
如果拥有那些翅膀！
我就直接飞出门外，
我要一头扎进茅草中。

在这世界上，我的眼睛
再也不去张望什么，
这些个公鸡与肥鹅，
再也不会发出喧闹！”

唉，在塔鲁萨这座城市，
玛露霞生活得真糟糕！
这些公鸡，还有肥鹅，
上帝啊，这多么可怕！

1958 年

但丁墓畔

佛罗伦萨是我的继母，
我祈望安息在腊万纳[①]。
过路人，别谈论什么背叛，
任凭死亡打上它的印记。

在我白色墓穴的上空，
鸽子这只甜鸟在咕咕叫，
但至今祖国仍在我的梦中，
至今我只忠诚于祖国。

不再带着破碎的诗琴上路，
它已死在故乡的营垒。
我的悲伤，托斯卡纳[②]，
为什么还要亲吻我孤儿的嘴？

---

① 腊万纳：意大利东北部的一座城市名，但丁于1321年客死该地。

② 托斯卡纳：意大利的一个主要地区。托斯卡纳被视为意大利文艺复兴的发源地，拥有丰富的艺术遗产和极高的文化影响力。不少艺术家和科学家，如彼特拉克，但丁，波提切利，米开朗基罗，达·芬奇，伽利略和普契尼等，在这个地区生活过。

而鸽子从屋顶俯冲而下，
仿佛在惧怕着什么人，
陌生飞机凶恶的影子
在城市上空划出一个个圆圈。

敲钟人，就这样撞击鸣钟吧！
不要忘记，血泊中的世界！
我祈望安息在腊万纳，
但腊万纳对此也爱莫能助。

1958 年

燕子

燕子惬意地叽叽鸣叫，
灵活地交剪起两只翅膀，
它违拗着所有的风，
但是保存着自己的力量。
时而上滑，时而俯冲，
驱赶恼人的蚊虫，
就在木房的屋檐下，
一直栖息到天亮。

我密切注视着天顶，
为它的癖性感到惊奇，
我的灵魂像一只雏燕，
朝着遥远的地方飞翔。
如同小鸟似的滑翔，哭泣，
在一个仿佛中蛊的地方，
用一只稚弱的尖喙
轻叩你可怜的灵魂。

但是，你的灵魂消失，

大门上挂放着一把铁锁。
灯盏的燃油已经耗尽，
灯芯已不再闪烁。
燕子失声痛哭起来，
它不知道如何给予援助，
只是从死寂的墓地
飞进一个着魔的夜晚。

1958 年

公鸡鸣唱

在板棚、在浴室、在谷仓之上，
清新的风吹拂着屋顶。
公鸡——黑夜的星占家
从喇叭式的喉管中喷出歌声。

不，这些家禽开始庄严的鸣叫，
并不是出于游手好闲！
我多么希望将它们黑色的灵魂，
比作古老挂钟的刻度盘。

这里，在乡村，你会感到惊奇，
子夜时分，你可以听到，
火红的勇士以喇叭似的高音
从鸡笼里向你殷勤地致意。

它向你通报一大堆消息，
像死绝的蠢念一样不可理解，
但它们身上无疑保存着
星辰那隐秘的理智。

长柄勺的北斗七星
在疲倦的世界上空闪亮，
公鸡的灵魂在地球上
以纤小的聚光点为其效劳。

垂落的角度发生了变化，
视听的器官高度紧张，
公鸡仿佛被什么刺扎了一样，
向着天空拍打着羽毛尖叫。

我的脑海浮现一些童话，
它们来源于智者所标注的年代，
我按照公鸡所指示的路线，
在那些童话中间漫游。

公鸡曾向哥伦布的航船高唱，
也曾向大海中央的麦哲伦啼叫，
从不偏离铁制罗盘的方向，

把船队领进停泊的码头。

它在货船密集的远方向彼得[①]啼唱，
呼唤骑兵们去远征，
在大灾难的岁月里啼唱，
在严酷的劳作时代里啼唱。

而今，在历史的边界上，
它又对着月亮昂起了鸡冠，
就像当年的勇士叶戈里[②]，
向我高声鸣唱一支太空之歌！

1958 年

① 指彼得大帝。
② 叶戈里：俄罗斯民间传说中的勇士。

莫斯科郊外的小树林

莫非是蛀虫嗑咬着木材，
抑或是蚜虫抓挠树叶，
秋天，大地给我带来了
一大筐枯干的树叶。

栎树在悬挂的金色中，
小白桦全身银白，
伫立，仿佛荣誉的象征，
在莫斯科河的两岸。

哦，莫斯科郊外的小树林，
从早已消逝的时光开始，
它们就伫立在我遥远的
青春时代的床头！

所有箭矢久已不再呼啸，
所有盾牌也不再轰鸣，
可怕的饥馑时代
暴风雪也早已停止哭泣。

伟大的伊万[1]也早已沉默，
唯有小树林在深夜时分，
依然怀着半野蛮的忧愁，
从四郊凝望着我们。

紧挨庄园残壁的树林，
那些留有教堂遗址的地方，
依然还在等待乌鸦的婚礼
和鸽子温柔的咕咕声。

它们像房间一样宽敞，
初秋，从清晨开始，
小小的铜号在其中歌唱，
儿童们则重复着铜号的声音。

上帝，请你宽恕我吧，

① 伊万：此处指伊万四世(1530—1584)，莫斯科大公和俄国第一位沙皇。

一切令人觉得，似乎远方
一位戍城的士兵正在吹奏
手中那管祖辈的笛子。

1958 年

夕阳下

被劳作折磨得精疲力竭，
我灵魂的火焰已经燃尽，
昨天，我闷闷不乐地出门，
走进一片被毁灭的桦树林。

在丝绸般光滑的那片空地上，
它的色调曾经是翠绿与浅紫，
一排排银光闪闪的树干
在美丽的参差不齐中伫立。

在树干之间，透过不大的距离，
透过茂密的树叶，天空
那黄昏时分的光亮
把影子投射到了青草上。

那是夕阳下的倦怠时光，
弥留的时辰，我们觉得
最为悲惨的是丢失了
那些尚未完成的工作。

每个人都拥有两个世界：
一个是创造了我们的世界，
另一个是亘古以来
我们竭尽全力所创造的世界。

巨大的不相对称，
尽管有重要的意义，
但护城的小白桦林
却不能复现我的奇迹。

灵魂在无形的世界徘徊，
充满了自己的童话，
她用一道失明的目光
送别外在的大自然。

或许，赤裸的思想
就被如此扔进了密林深处，
自行折磨到精疲力尽，

因此感觉不到我的灵魂。

1958 年

不要允许灵魂去偷懒

不要允许灵魂去偷懒！
别指望在石臼中捣碎清水，
灵魂有劳动的义务，
夜以继日，夜以继日！

把她从这屋赶到那屋，
从这台阶拽到那台阶，
走过废墟，走过断木，
越过大雪堆，越过坑洼。

启明星露出了晨曦，
不许灵魂仍在床上安睡，
应该虐待这个懒女人，
别摘除颈上的笼头。

如果你放纵她、姑息她，
让她去游手好闲，
她对你就绝不留情，
甚至剥下你最后一件衬衫。

而你应该抓紧她的肩膀，
教训她、折磨她，直到天黑，
为了与你人性地相处，
她必须重新学习。

她是女皇，又是女仆，
她是女工，又是宠儿，
她有劳动的义务，
夜以继日，夜以继日！

1958 年